The Attraction of Things

NO LONGER PROPERTY OF
SEATTLE PUBLIC LIBRARY

The Attraction of Things

Fragments of an Oblique Life

Roger Lewinter

translated from the French by Rachel Careau

A NEW DIRECTIONS PAPERBOOK ORIGINAL

Copyright © 1985 by Roger Lewinter
Translation copyright © 2016 by Rachel Careau

All rights reserved. Except for brief passages quoted in a newspaper,
magazine, radio, television, or website review, no part of this book may
be reproduced in any form or by any means, electronic or mechanical,
including photocopying and recording, or by any information storage
and retrieval system, without permission in writing from the Publisher.

The Attraction of Things was originally published in French as *L'attrait
des choses: Fragments de vie oblique* in 1985 by Éditions Gérard Lebovici,
Paris.

Published by arrangement with the author.

First published as New Directions Paperbook 1357 in 2016
Manufactured in the United States of America
New Directions Books are printed on acid-free paper
Design by Erik Rieselbach

Library of Congress Cataloging-in-Publication Data
A catalog record for this book has been requested.

10 9 8 7 6 5 4 3 2 1

New Directions Books are published for James Laughlin
by New Directions Publishing Corporation
80 Eighth Avenue, New York 10011

The oracle of Apollo, at Delphi, notably consulted by Oedipus, was known as the oblique oracle. The oblique is the shortest path of destiny, the direction of a life that places itself outside straight lines, which the oblique crosses in the manner of a short circuit, quick as a flash. The Attraction of Things *is the story of a being who lets himself go toward what attracts him, toward what he attracts — beings, works, things —, and who, through successive encounters, finds the way out of the labyrinth, to the heart, where passion strikes. This is the story of a letting go toward that passion.*

—ROGER LEWINTER

August 15 – October 11, 1980

The Red G&T from Saint Petersburg

ON AUGUST 15, 1980, while sending out express, registered, by airmail the third book of Groddeck's *Lectures*, I was hoping for a sign, to mark the end of four years' labor: if I found something particular, rare, impossible to find, Groddeck was satisfied and my obligation, in any event on this point, had been fulfilled; imagining a G&T — the first gramophone records, with the recording angel on the label, red or black according to the prestige of the artist, recorded in Europe between 1902 and 1907, of which there remain only occasionally a few copies —; a red G&T from Saint Petersburg in this case: in twenty years, I had never found one at the flea market; and I was thinking, too, of the magic of the call: it took an impulse of the heart for it to come; without my

1

realizing that two months earlier, I had experienced it, in relation to singing: on the sleeve of an album of rereleases of Félia Litvinne — born in Saint Petersburg —, I had read a sentence taken from her memoirs that, affecting me, had finally opened me up to her voice, of which, starting out again at the flea market, I had found a recording — my first red G&T, from Paris: the "Prayer" of Marguerite, from *Faust* —, which I had bought simply because, in its form, it was out of the ordinary: a twelve-inch, cut on a width of two inches; and, wanting to read her book now, while in Zurich for a few days I had gone to a specialized bookseller, but since he didn't even know the name, I wrote "Félia Litvinne" for him on a ticket: two weeks later, in Geneva, at the flea market, at Leuba's, for fifteen francs, prominently displayed — so much so that if it hadn't drawn my attention, I wouldn't have seen it —, there was *Ma vie et mon art*, the memoirs of Félia Litvinne, with, written vertically across the flyleaf in violet ink, her signature; so that now, from "J-Sonic," who had lately been carrying old opera recordings, partly under my influence, I bought the collection that Rubini, in London, had just published of the voices of Imperial Russia, whetting my appetite on the off chance.

It was in May 1975 that I had discovered the 115 *Lectures*, which had never been published, and, their significance having appeared to me crucial for understanding Groddeck, with whom I had been preoccupied since 1963, when I had read *The Book of the It*, I had resolved to devote myself to them as soon as I had finished the essay in which I identified, in theory, the function of death in all creation; throwing myself into them in the spring of 1976, without knowing how to go about reproducing in French a text that, improvised on each occasion in a state of concentration, was a simple verbal process; and, disoriented in the immersion, I constructed, by exploring the impasses, at least the labyrinth from which to find the way out; at the same time reanimated by a project that I had had, fifteen years earlier, when, beginning a degree in the humanities, I had attended courses in theater, only to abandon them six months later: to stage *A Door Must Be Either Open or Shut*; being drawn now to directing; and if Anne-Lise, whom I had met in those courses — she had lent me the two rooms, in the old city, in which I lived for ten years —, would still play the marquise, for the count I thought of Neury, whom I knew from the flea market: a collector of old opera recordings, my rival in Geneva, through whom I had discovered that realm, an actor by profession.

Neury had accepted, without, however, absolutely committing himself; and when, in May, he had to make up his mind, he withdrew—wanting to become an assistant director himself, he would begin an internship in the fall—, proposing as a replacement one of his friends, whom I didn't know, who was returning from a two-year stay in Milan, where he had worked with Strehler; if he was still free, the project might interest him; and, telephoning immediately, he put Moriaud on: the conversation was long—I was kept in suspense—and singular—although he accepted right away, he kept repeating to me, laughing, that it must be a joke and that I undoubtedly wanted to talk about something else—, filling me with a lightness that hadn't dissipated when, a few days later, I met him, fascinated then by the presence of a certain light he could have about him; so that, if the *Lectures* remained unresolved, the Musset rapidly took shape: in July, after a meeting with the team we formed, Anne-Lise, Moriaud, and me, the Théâtre de Carouge accepted the project, for two series of performances, in October and March; on the evening of the meeting, however, a fever like an electric charge attacked me, condensing, in the early morning hours, into a chill in which the back of my throat was unimaginably painful, and resolving itself, after a few days, into a state of overload from which I didn't recover; while, in contrast to my overexcitement, Anne-Lise was, by instinct, unfailingly wary; a gulf thus opening up between us, which made a break with her, since Moriaud had my complete support, unavoidable; when, having reached the twenty-ninth lecture, dated March 7 — my birthday —, at the passage where Groddeck, in reference to the *Tales of Hoffmann* and Dr. Miracle, for the first time explicitly approaches the theme of death, my right thumb dislocated, I had stopped.

For two weeks, shooting pains now radiated, at night, through my right wrist; and, in the morning, I would have dizzy spells; when, on Monday, August 30, in the late afternoon, the crisis exploded, reaching a paroxysm — unable to move, I had stayed at my parents', stretched out on the sofa in the living room, a spectator to the growing swells of my panting —: around one in the morning, I suddenly had a vision at my feet of a sheet of flames, which was going to overwhelm me and would kill me if it reached the top of my head; reflexively I touched the floor with my right hand in order to divert the current, but just as I was executing the movement, in a flash that dissipated its charge, the sheet of flames had reached the top of my head, only to vanish, snuffing itself out; calmed then, but knowing, having been smashed to pieces, that I would have to put myself back together bit by bit—in the morning, my knees and wrists were swollen and stiff, and my right hand remained frozen for three months, evidence of the struggle in which I had had to let go—; Anne-Lise now being replaced by Leyla, Moriaud's ex-wife, herself an actor; and the play was presented, on the appointed date, at the tempo originally hoped for— without any suspicion of what this entailed—, not a curtain raiser but a folly, an improvisation born of a concentration in which all the anticipated charac- ters took shape in an unanticipated combination, a momentary encounter: through the Musset, I had found what I was missing for the *Lectures* and had been searching for but unable to capture, since this captured it—allowing me, beginning in January, without involving myself any further in theater, to commit myself to them—: the fluid movement of a voice falling into place, the phrasing.

The voice had spoken to me when, the first time I had seen her—it was in 1969, a late afternoon in November, in London, she was returning from a ballet rehearsal—, Svetlana, in welcoming me, had imbued my name with a softness that was foreign to me, making me wish to be this self, since it seemed that it could have some softness in it; and her voice searched for me in limbo, three years later, when I saw her again in London—in June, when she had come to Geneva, on tour, to dance *The Lady and the Fool*, a ballet set to themes by Verdi, in which she had the starring role, I had undertaken to find her again—: the entire week I spent there, in August, taken up with her rehearsals—someone was also offering her a play, which she hesitated to accept—, not having had the time, on Saturday she arranged to meet me at six thirty at Kardomah, near Knights-bridge—as a child, in Paris, on Thursday after-noons, over a period of three years, I would meet my mother at Kardomah, on the rue de Rivoli, to tell her about my exploration of the Louvre, where I would stop each time in front of *The Virgin of the Rocks*, fascinated by the smile of the angel—, preparing myself for it all day, only to arrive a half hour late—from Lancaster Gate, taking the underground, I had automatically detoured through Holborn—, without being surprised either by my lateness or by Svetlana's absence, returning, around nine o'clock, to the hotel, where I asked that they wake me at six o'clock—the plane was leaving, on Sunday, August 27, at eight thirty—; and I went to bed, having taken my usual mix of sleeping pills, sinking then into an unconsciousness from which I was pulled, at half past midnight, by the telephone: Svetlana excused herself for not having come—she had sent a friend to inform me, but no one had matched my description—; and, since I repeated that I had come only to see her, she suggested to me, since we still had the night, that I come now; so that, in an altered state, ten minutes later, I stood before Svetlana, who took me to visit, by candlelight, the apartment which, that afternoon, she had decided to buy—it was the reason she hadn't come—; and, at dawn, as I was leaving her, we agreed that I would return in three weeks, when she would have moved in and begun rehearsals for *Oedipus Now*, a montage of the trilogy by Sophocles in which she played the Sphinx, Jocasta, Antigone; so that I returned to London for a week three times; because the fourth time, when I returned there from Paris, only to set off again the next day, on December 12, 1972, she had resolved to break up—by telephone, she had informed me of it, on a Sunday afternoon in November in Geneva, while I was listening to *The Marriage*—; in this way, too, ended the Diderot, which, in 1967, at a word tossed out—"There is no edition of the *Complete Works* of Diderot, someone should do one"—"So do it"—, I had taken on, and which, after three years of constraint—every two months I had to turn in a volume of a thousand pages, there were fifteen of them, and for every delay of more than fifteen days I would have to pay in financial compensation a sum I didn't have—, was an extreme that, precluding any laxity, had led to the end; and I had ended it exactly as Duclos had predicted to me when, drawn by the very outrageousness of the request, she had in her turn undertaken it, carrying me then, a gestating burden, itself gestating the suprahuman, in which, through a fascination from which I drew my own strength, I experienced what, by the destruction of limits, human, unheeded, within the impossible permits fulfillment and is imparted by passion, which is insensible, in its essence, to all objects, to all subjects, done away with for something inconceivable, its aim being divestment: announcing to me, "I know, when the Diderot is finished, you will leave," to which I had said nothing, knowing that it was true, even if I knew neither why nor how; but in October 1969, when the first volume, then coming out, was temporally sealing our commitment to this shared madness, agreeing to translate *The Hands of the Living God*, I was invited to London by Masud, who was a prince and the editor of the book, thus meeting Svetlana — on Sunday, November 27, in exchange for a crystal pen and a miniature silver mirror, which I had found, in the morning, in the snow, at the Portobello flea market, parting gifts, I received, in the evening, a pale green prince's caftan; and, Masud having donned a white caftan, Svetlana a red caftan, when, for the photo to be taken by Sussu, the Spanish servant, we were all three seated on the big sofa in the living room, I in the middle, my right arm resting on the back, an impulse passing through me, I lightly pressed the shoulder of Svetlana, whose unearthly cry in the middle of the night struck me through with terror; leaving on Monday, shivering with fever upon my arrival in Paris, without having again seen Svetlana —, who eluded me until, when my share of the work on the Diderot was coming to an end, on June 16,

1972, now separated from Masud, she reappeared in Geneva, explaining to me their breakup, which restored to each the space of his essential passion.

On a Wednesday in October, at the flea market, Paulette Cohenoff—who for three weeks had had a collection in which I had found all sorts of records—, noticing me, from a distance asked me whether I knew of it and, taking a record from the front seat of her van, held it out to me: a red G&T from Saint Petersburg; and she set it on the battery-powered record player that sat on a chair next to her stand so that I might hear it; letting me have it for thirty-five francs: the "Habanera" from *Carmen* by the leading lady of the Théâtre Marie, Medea Mei-Figner; with a sudden inflection, grace.

May 26–28, 1982

The Find of a Life

ON MAY 26, 1982, around nine o'clock in the evening, Jean-François, whom I hadn't seen again since
he had returned, about ten years earlier, from Beijing, telephoned me to invite me to dinner: there
would be, besides his wife, only a colleague and his
girlfriend, Michèle, who I supposed were about to
get married, if it hadn't already happened, now that
she had finished the book on Groddeck that I had
proposed she write, following a meeting that had
been determined by Groddeck, seven years earlier,
as, in Paris for a few days in May, I was leaving Gallimard one morning, still holding the door, when
someone whom I didn't immediately recognize —
in 1969, when I was ending my second stay at the
Swiss House, he was beginning his —, seeing me

from the street, exclaimed, "My goodness, that's lucky, you're just the person I was looking for"; because he had come, unsuccessfully, to ask for my address—he had to write, they would forward the letter—for his sister, by his side, who, from Geneva but in Paris for a few days, a doctor specializing in psychiatry, having read my study *Groddeck et le Royaume millénaire de Jérôme Bosch*, wanted to meet me; shocked that in Geneva, a few steps from the home of my parents, where I would go every day to work, she lived in the building on the corner of their street; going afterward to the place I had been assigned, when, embarking on the *Lectures* by way of the Musset, it dawned on me that I had to find the apartment that, until then, I hadn't had the conviction to look for: as it happened, her neighbor, whom I had known by sight for a long time, intrigued by her face—for whom Michèle had found the apartment on her landing, on the fifth floor—, had committed suicide in May by throwing herself out a fifth-floor window, elsewhere in the city; so Michèle spoke to her landlord, whose ear she had, and, in July, when the seals affixed to the door had been removed, I visited the apartment, which I began leasing on September 15—even though I didn't move in until after its renovation, in January 1977—, using it for the first time, both hands frozen, for the rehearsals of the Musset.

The health of my mother, ever since she had come back from vacation, in August of that year, had been deteriorating: she had had, exactly twenty years earlier, while we were living in Vienna, a tumor in her tongue, on which they had operated, just in time, by embedding in her tongue two seeds of radium, which had burned the tumor out; and even if she hadn't had a relapse, she had retained a torment that, suddenly, grew: as if, she would say, Bad Gastein—where I had persuaded her to go because, ten years earlier, we had spent a vacation there that I had memories of—, because of its radioactive spring, had been the drop that caused the vase to overflow; while for me, it was as if the torrent of the Musset—in the course of which the antagonism that was straining relations between us had, at the wave of a magic wand, evaporated, freeing in its purity the intelligence that united us—had through fascination infected her; the specialist, however, whom she had agreed to consult, first in November, then in March, when the pains, rather than diminishing, were cyclically increasing,

had, despite the case history, detected nothing; although she continued to lose weight — particularly
since, at the end of May, the loss, long dreaded, of
her job —; but it was as if the doctors, whom she
was now consulting, were constrained by a resolve
that, in September, on her return from a holiday in
Tessin, when, as I waited for her on the platform at
the station, from the door of the train, with bulging
eyes, she called out to me, obviously seemed to me
irrevocable, contrary to what had happened twenty
years earlier, when my father, by suddenly disappearing for two months — before the discovery of a
gambling debt that he had incurred at the casino —,
summoning up her strength for life, had led her to
take control over the management of our lives in
order to get us established, just as during the war,
as survivors, in Geneva, where for a few years she
alone had provided for our support; thus consenting to the role that had apparently devolved on Michèle: on December 8, in the early afternoon, from
a pay phone on the Champs-Élysées — my mother
had at last agreed to submit to some new tests, at
the hospital this time, and, marking the end of the
week, I had gone to record a broadcast on *La traviata* —, calling Michèle, she had confirmed it: "It's

cancer of the tongue, inoperable, as if it had been left to grow for nine months; there's nothing more for it but palliative care. Your mother, according to the doctors, has six weeks to live."

On December 11, at ten thirty in the morning, when I arrived at the Café Méditerranée, opposite the station, for our Sunday morning tête-à-tête, which my mother had kept up—the evening before, on my return from Paris, she had already been asleep, and I had suggested to my father, if she wished, the usual rendezvous—, sitting near the door, in the black astrakhan coat that she had bought from a Vietnamese woman three months earlier, she was waiting for me, trying to drink a glass of tea, saying simply, "This is not going well," repeating, since I didn't let it drop, "This is not going well"; but when, stopping on the way back, I showed her the flesh-colored rose that, during my absence, had opened out in the cold as no rose at my apartment had ever bloomed, she turned and looked at me, a smile illuminating her: "It's a good omen"; and, in the afternoon, telling me about her fear of having lost the signet ring with the little diamond that I had given her some years ago, for Mother's Day, which for the past two or three months she hadn't been wearing, she pulled it from her bag and put it on the little finger of her left hand, and never again took it off; while Wednesday at the hospital, when Michèle went to visit her in the evening, my mother confided to her in one breath the story of her life; the first chemotherapy treatment — the doctors had decided on a series of six — on Monday putting a sudden stop, lastingly, to the pains; so that, returning home on December 23, my mother, freed from the weight of her body, opened herself up to the lightness that, until then, she had denied herself; and, to everyone's disbelief, in the course of the treatment, in my company, since she now rationally needed to be accompanied — in the morning at the café after a checkup at the hospital, in the afternoon out walking before the nurse's visit —, she abandoned herself to the idyll; the doctors, faced with this unexpected remission, then proposing radiation therapy, which she had always refused, believing it to be the source of her illness, and which suddenly she accepted, setting the treatment date herself for March 3, two days after her seventieth birthday — these last years, several times, during our Sunday morning tête-à-têtes, she had blurted out to me that she would not become old, she knew it, seventy years was enough for her—: that day the pains returning, never to cease, in an agony to which, on August 27—the tremor that for five years he had not wanted anyone to stabilize suddenly overcoming him—, my father, breaking the structure of our life as three, set an end, leaving me, for as long as necessary, alone with my mother, who, when I returned from Thônex, where I had hospitalized my father, in the afternoon took things in hand: "I've been thinking," she wrote to me on the pad that she had been using since her tongue had been irradiated, "you ought to give the ring to Michèle"—a ring with six small diamond brilliants that my father and I had given her, for a birthday, a dozen years earlier: an engagement ring—; but I refused to do it; so that the next day, Michèle, who was visiting my mother while I took advantage of the opportunity to go home and work, called me on her return home: "I'm letting you know that we're engaged; your mother gave me the ring; but in fact I don't really know whom I'm engaged to, if not, rather, to your mother"; two weeks after the death of my mother—on October 27 in Thônex, where, at the beginning of the month, I had taken Michèle to see my father—, as if she were rediscovering her

freedom of movement, taking an apartment at the
other end of the city, into which she moved beginning January 1, 1979, the picture that now came
together excluding him: my father, each time she
would call to ask after him, would observe, "It's
strange, I never recognize her voice"; and so it was
logical that in turn, at the end of November 1979,
when, thrown into a panic by a streaming nose-
bleed and not wanting to disturb me, he called her,
she didn't answer; in the evening, as I was relating
the incident to her, confirming: "Yes, I was sure it
was him, this morning at six o'clock; that's why I
didn't pick up"; thus putting me in a mood to break
things off.

Jean-François, whose invitation I now declined,
during a first dinner arranged in 1963 in Paris—
when, wanting to become a film director, I was
studying for the entrance exam for the Institut des
hautes études cinématographiques, which I made a
point of failing while writing, as a pastime, a paper
on Diderot, which led me to the edition of the *Complete Works*—one muggy evening in May, on the pa-
tio of the Dôme, had launched me on a path: he
wanted to know whether I would be interested in
taking over the maid's room that Geneviève Serreau

was renting to him, because, after a year of studious wandering having decided to learn Chinese, he had just received a grant to go to Beijing; and since, at the time, I was thinking about leaving the Swiss House, I accepted; while incidentally he spoke to me about a book he had discovered, by Wilhelm Fränger, devoted to the *Garden of Earthly Delights*, by Hieronymus Bosch, more accurately titled *The Millennial Kingdom*, about which he demonstrated that it traced, not, as was commonly believed, the follies of the Fall, but, referring to a Judeo-Christian heresy, a means of salvation centered on an amorous practice the knowledge of which could not have been the product of the painter's free imagination; a hypothesis evidently imposed by certain details of the painting, which were otherwise inexplicable, and which were restructuring the entire body of work of Hieronymus Bosch, which, ceasing to be a series of commissions, articulated an inspired discourse: a gospel that, to the initiated, passed on the teaching of the life of a master; Jean-François suggesting that, since he had decided to learn Chinese, I translate this book in his place, even as he insisted on the difficulty of the work, which, blindly, in the enthusiasm that gave rise to this choice, I took on:

because Jean-François, when I had known him in Geneva, in 1961, while we were both completing a degree in the humanities, had so impressed me with his intelligence that, not thinking myself at his level, I hadn't sought to pursue his company; and it was he who, unexpectedly, having gotten my contact information from a common friend, had recently called me.

At the time, connection by means of cross-invasion, where the question of knowing who is who ceases to be relevant — because one becomes the other, completed through him —, was, I thought, of no interest to me; while I had prepared myself for it by studying, for a year and a half, through an arbitrary choice that I couldn't really explain to myself, since it vaguely annoyed me, *The Man without Qualities*, by Musil, the theme of which is the approach, by a novice, of this state; and when I had taken on the task of translating the Fränger into French, I discovered that it had been translated into English by precisely those who would afterward translate *The Man without Qualities*; while twelve years later, in 1976 — after having translated, in 1969, a first collection by Groddeck, and identified, in 1974, through the objective and apparently fortuitous sequence of the

translations, a convergence between the redistribution of sexual roles that implicated the Groddeck-
ian understanding of sickness and, in Bosch's work
as interpreted by Fränger, the disintegration of the
body, which the spirit, through Adamite eroticism,
masters even in its transports—, I discovered that
an American psychoanalyst, Grotjahn, in *The Voice
of the Symbol*, published in 1972, had already drawn
a connection, through reading Fränger, between
Bosch and Groddeck; when in June 1963, with
Geneviève Serreau, during the course of dinner
in the kitchen, the conversation naturally turned
to *The Man without Qualities*, I noted how much I
preferred *Tonka*, a novella that, in sixty pages, in-
comparably condenses that which remains vague
in the two thousand pages of the novel; not learning until October 1981, after her death, that what
had struck Geneviève Serreau in 1954, leading her
to work for twenty years for Les Lettres Nouvelles,
was her reading *Tonka*, which Les Lettres Nouvelles
had just published in translation; and while I didn't
succeed Jean-François in her maid's room, I recom-
mended to Geneviève Serreau, in September 1963,
the Fränger, about which, inexplicably, Jean-François hadn't spoken to her; and, equally captivated

by this book, she had it accepted for publication by Les Lettres Nouvelles; with a patience that I didn't understand was intended for me, orienting me then in the space from which, through her gaze, radiated the highest pitch of divine madness.

On Friday, May 27, at noon, while, at my father's, I attended to the meal—for about ten days, having broken two fingers on his right hand, he had been at Thônex; I insisted, however, that he call me each day at his apartment, so that in giving me his news he would observe a daily routine always at his disposal—, he had just called me, when the telephone rang again: it was Michèle, who, before Pentecost, wanted to let me know that the manuscript of her book was at the publisher's; so that I asked her whether she had gotten married: "No, but it's strange you should ask me that, because I'm getting married in two hours"; seized then by a fit of anger, as if, after this probationary period, in which no one had ever deviated from his choice, fate had thus cast its lot; and, spending the afternoon rereading *Zen in the Art of Archery*, which I had first heard about from Geneviève Serreau—surprised that she had been interested in something I believed to be a form of physical exercise—, I got ready to go to the flea market, where, the next morning, on my arrival, I noticed, gesturing to me eagerly, my lieutenant, whose name I didn't know — it would take another year for him to tell me —, but he was an accountant, like my father, moreover in a casino — we had come into contact at the time of the red G&T from Saint Petersburg: picking through things at the same time I was and having noticed that I was looking for opera, he handed me the items he found; during which I learned that he was interested in the fox-trot; and, having sometime later asked him to buy a Marcella Sembrich for me, because I had had an argument with old mother Janner, who, seeing that I wanted it, had tripled the price, we had agreed, ever since, to be on the lookout for each other; thus procuring for him the fox-trot, while he attended, with surprising efficiency, to bringing in my unspecified Russian orders —: "Quick, over here, I was afraid you wouldn't come," and he held out to me a red G&T — Marcella Sembrich in the "Ah! non giunge uman pensiero," from *La sonnambula* —, "and then here's a Patti; and there are others, tons of them, four crates full, quick": at Csillagi's stand, in the middle of the flea market, on the ground, in four crates, there were stacks of G&Ts,

red and black, of Fonotipias — mostly "advance copies" —, of Odeons; I stopped picking through them: the rarity within the profusion, the dream of a collector: and, to the accountant, who awaited my verdict: "In twenty years I haven't come across anything like this; it's the find of a life"; to Csillagi, without thinking about it: "I'll take the whole lot"; then, the four crates having been put aside, beginning my tour of the market, I arrived, at the avenue du Mail, to help Audéoud unfold a square Kashmir shawl whose softness, elusively, captivated me — I noticed only, in contrast with its solidity, a single tear from enigmatic wear at its black center —, and, as if everything were understood, asking for time to think — even though Kashmir shawls are snapped up at the flea market —, while the accountant continued to make the rounds, I went to have a coffee with Leuba, who had lent me the 300 francs for the records, and I spoke to him about the Kashmir shawl, putting him in charge of the negotiations on my behalf — since he regularly went to Nepal and India on vacation, I had tossed out the idea, two years earlier, of his finding me "a Kashmir," and he, not knowing what it was, had at first believed I meant a sweater —; late in the afternoon I would reimburse him for everything, and we would go have dinner; then, without giving another thought to the Kashmir shawl, I returned to the accountant, to transport in his car the four crates of records.

Kashmir shawls, even before I knew the name — when at five years old, with a little garnet-and-white tablecloth wrapped into a turban, I obstinately disguised myself as a raja —, an enigma — when in Paris, during my pilgrimages to the Louvre, the index finger of the angel in *The Virgin of the Rocks* pointed at my eyes —, fascinated me even in the oblivion in which I believed myself to be when, in 1972, Svetlana, one night when I was cold giving me a black cashmere sweater with a red wax stain, reminded me of their constellation, of which, in 1976, at Csillagi's, I glimpsed the tattered emblem — twists of roses sewn in gold brocade —, which I couldn't make up my mind to buy; from then on accumulating missed opportunities, each time there was an imitation at the flea market — a jacquard from Marseille —; one Wednesday morning in particular, at the Ange du Bizarre's stand, in front of a small orange rectangle, for thirty-five francs, when I hesitated, returning afterward, in vain, since it had been sold, but specifying then to Sabine the shades

I wanted; while in February 1977, at an auction whose preview I visited with Michèle, I found the Kashmir shawl that I had sought ever since I had glimpsed its possibility: a large rectangle in which, in volutes of foliage, winding diagonally from two black hearts, one of which bore an indecipherable white signature, crimson roses burst from a lattice, in bud, newly opened, in full bloom; and, describing it to my mother, who, already sick, was at the time going to the auctions to show my father and me that she, too, knew how to buy, furnishing under this pretext the apartment into which I had just moved, I ordered her to buy it, in vain: she had agreed to bid 150 francs; a lady had outbid her; my mother had failed to follow suit; although after the auction this lady, the original owner of the shawl, had offered it to my mother, she alone being interested in it, for 200 francs—taking fees into account, that exceeded the initial bid by only 20 francs—; but, at the flea market, one Wednesday morning, six months after the death of my mother, I noticed on the ground, crumpled in a heap, a Kashmir shawl, which, with Lionel's help, I unfolded, and without any doubt, by the signature inscribed in the dome, I recognized the Rose Garden, which, two years earlier, had eluded me — Lionel wanted 200 francs for it, I got it for 180 francs, the agreed-upon price —; and when I hung it, I saw that it was designed around two wedges closely notched in the form of a tulip, green and bright turquoise blue, stuck horizontally on either side of two black hearts — where an ace of spades, green and dark blue mixed with ochre, depicted in a filigree of blood the face of a genie —; sea-green eyes that pierced, to the point of rendering it invisible, the profuse splendor surrounding them; identifying the garden of the *Millennial Kingdom*, also illumined by the light of a look whose penetration articulated in austerity its glory: the Rose Garden, a celebration of the beauty of the world, in order to materialize had required a life that, in embodying it, had offered it a hold; disappearing in its texture, an intersection of gift and loss sustained in their motion, a manifestation of the universe, at its extreme, precisely, in its radiance, transmission.

The Kashmir shawl that I found that Saturday, May 28, before Pentecost, three years after the Rose Garden, technically differed from it — not made up of small embroidered patches assembled like the parts of a puzzle, it was woven all in one piece —; and, unfolding it for the first time, in the elation

of the find of a life, I had perceived a powder trail,
without attempting to look more closely, since everything, in the dazzling glimpse of it, was indelibly
printed; but, in the horizontal rays of a late afternoon sun, at Leuba's — who, at noon, as ordered,
since no one else was interested in it, had bought it
for me for 250 francs —, when for the second time
I unfolded it, its serene luminosity at first deceived
me; and it wasn't until after dinner, at home, the
third time I unfolded it, that there appeared to me,
in its all-encompassing motion, the thread whose
molecules, in equal parts solid, liquid, ethereal, according to the interplay of the colors, constructed,
through a network of veins, ponds, ferns, a system
of gray stills saturated with a reddish glow in which,
like a rainbow, the result of focusing the eye on the
beyond, from each side of the central black square
structured in a Maltese cross by the alternation of
four antennae of giant insects on four crystalline
thrones, sitting in the lotus position, waist cinched
with a pair of flames, torso erect, arms open, raised
to shoulder level, bent at the elbow, head back in
invocation to the four cardinal points of the universe, a vibration of the heart, suddenly appeared
the Angel.

June 12, 1982

Duino

WITH THE SUDDEN appearance of the Angel, drawing the conclusions that I had been certain of since the end of *Le chercheur d'âme*, I left the field of theory, the exterior explored, to define the void at its center and enter into it, writing, in three days' time, from Thursday the third to Saturday the fifth of June, from a journal kept during those four years, *Le centre du Cachemire*, an aphoristic novel in which I caught hold of myself as I let go; after which I went, from Wednesday evening to Friday afternoon, to Paris, to discuss a translation that someone was asking me to undertake, and to announce, exultant, the good news; knowing that I had to be back in Geneva on Saturday for the flea market, where there would undoubtedly be a verdict on what I had written, which would show me how to proceed; and, at the stand belonging to the Chouans, who specialized in books, where each time I stopped, I found a collection that notably included, for one franc, a manuscript copy, roughly forty years old, judging by the ink and the pages, which it appeared no one had read, of the *Poèmes mystiques* of Saint John of the Cross, translated by Benoît Lavaud, a little notebook without a cover, like a packet of overdue letters reaching their destination; and, also for one franc, with signature, *Poètes de l'univers*, by Mercanton, which I wasn't familiar with but which had, for some time, attracted me, discovering now, at a glance, why, since it dealt with the practice of poetry as a spiritual exercise, and with Rilke, the first poet who, because of his face, had appeared in my world, even if, until a short time ago, I had constantly felt myself drawing back from him.

In Paris, where we were then living—I was twelve years old—, my mother, to supplement our income, did, on the side, when she found them, occasional secretarial jobs; thus coming to type up the manuscript of a play about Galileo, which was going to be performed at the Burgtheater in Vienna; and, one Sunday, I went with her to Chantilly, to the home of the author, himself an Austrian Jewish émigré, who, in his office, had, displayed everywhere, photographs, some enlarged, of a man whose face, in three-quarter and in profile, because of his nose and chin, made me stop: a poet, from what I learned, the greatest of our time, and difficult to understand; astonished that someone could so resemble, as it appeared to me, my father, who, eight years later, in Geneva, by Rilke, whose work I had neither read nor bought, brought back for me, found for one franc at the little secondhand bookshop on la Petite-Fusterie, book two of the first edition of *The Notebooks of Malte Laurids Brigge*, which I didn't even try to look at, putting it away on the shelf behind the headboard of my bed, to await the moment when I would no longer be unreceptive to it; and it was Geneviève Serreau who, according to the rules, by leading me to ask a particular question, opened me up to Rilke: when she died, in October 1981, I read the collections of short stories that she had published in 1973 and 1976, which I had previously been unable to fathom; and, in *Dix-huit mètres cubes de silence*, in the epigraph to "Dimanche," last impressions in the throes of death, I discovered three lines by Rilke, amazed that she had quoted them and that their address was so direct; deciding, in their grip, to buy the poems at the flea market, at the first opportunity, in German — oddly enough, for a long time Leuba had been putting aside for me, when he had it, Rilke's work, convinced, although he didn't know him, that I had to like Rilke; and I had finally disabused him, admitting that I couldn't stand Rilke —; and, by November, at Novel's, for three francs, I found, in one volume, the complete poems: in the evening, when I wanted to search for where the lines in question could have been taken from, seeing that there was a bookmark, I opened to the marked page: "Solemn Hour"; it was the final stanza: "Whoever now dies somewhere in the world, dies without reason in the world: looks at me."

While leafing through now, in the late afternoon, in Mercanton's book, the essay on the *Duino Elegies* — not knowing whether Duino was a young man or a place —, a fragment that he quoted from the first elegy, "Beauty . . . beginning of terror, which we are still just able to endure," amplifying in its echo what I had put at the beginning of the aphoristic novel, "Art . . . dazzling them in order that they see, the horror of the beautiful," struck me; so that in the evening, beneath the Kashmir shawl hung in the alcove in the spot formerly occupied by *Cupid and Psyche*, an engraving by Godefroy after the painting by Gérard, purchased for 50 francs from Leuba five years earlier, and discarded two weeks ago—that morning, after the poetry collection, a small eighteenth-century pastel, for 200 francs, at the stand of a secondhand dealer who had come that day, had stood out: on a background of dark slate gray, in half length, at an angle, face straight ahead, the infant Eros, not dainty but an angel who, by his expression, recalled his command: an arrow in his right hand, pointed toward the nest, in the form of a heart, of a turtledove, resting on the crook of his elbow, against his left breast, bared by a blue tunic, he disclosed the intended target of some hoped-for love—, a field whose radiation had forced me to rest, throughout the night, lying no longer on my side, curled up, as usual, but on my back, motionless as a statue; in the complete poems, into which, stopped by the bookmark, I had not pushed ahead since November, searching now for the *Elegies*, overpowered by the Kashmir shawl I fell into vertigo.

February 1980–February 1982

La Argentina

IT WAS IN FEBRUARY 1980 that I first heard of La Argentina, even if the name, like a myth, had always been familiar: Florence had seen at the theater festival in Nancy an old Japanese dancer who, onstage, in a deconsecrated church, depicted, with some summoning gestures, as one invokes the descent of the spirit, La Argentina, whom he had seen only once, a half century earlier, at a recital in Tokyo; more precisely, whom he pieced together having seen, since he was seated in the last row of the upper tiers of an amphitheater, thus touched without his even suspecting her brilliance, which now, like a seed that suddenly germinates when the ground at last permits, had overpowered him to the point that he dedicated himself henceforth to the evocation of

35

that blind vision of a beauty whose aura, in brushing him, had held him in its grip and which he sought consequently to transmit, not as it could have been physically—not even consulting its tangible traces: photographs, recordings, fragments of films—but in its essence, his body given up to the spirit that made it its medium.

At the time I was working on Groddeck's *Lectures*, the second book of which had just come out; but before beginning the third book, from March to July I had to stop, because I was replacing, for the summer semester, Roger Kempf, who held the chair in French at the École Polytechnique de Zurich; the four courses were about different modes of invasion of the body in passion: by love and sickness, madness and seduction, in the work of Madame de La Fayette and Groddeck, Diderot and Marivaux; and these months were, in effect, dedicated to my mother—her wish, unfulfilled, had been that I pursue an academic career—in a fervor in which, so as to withstand the intensity that was overwhelming me as, oddly, I had the sense of being bled dry, by the absence, it seemed to me, of an echo to a voice addressed entirely to the hereafter, I was soon forced to live like a recluse: after the break at Pentecost, an inflammation suddenly struck my lower back following an abrupt movement during the first hour, never to let go; and, held rigid in this state, always extemporizing on my feet, I taught the classes, Monday and Tuesday from five to seven, but, on my return to Geneva, I just managed to ensure the daily routine at my father's, each morning, resting in the afternoon and evening, at home in bed, in the hope that the inflammation would subside, mentally preparing the classes, now become stations at which, because of the shooting pain that gripped me, withdrawn from all other company, I acceded to my mother in her absence.

In July, one Saturday at the flea market, at Julmy's, I found a book, by Suzanne F. Cordelier, devoted to La Argentina, who had died suddenly at the height of her fame a few months before its publication, in 1936; an impassioned threnody of gratitude for the revelation of her beauty, in which, through the fervor with which the words thrilled, the presence that had caused such bedazzlement became palpable in its nobility: La Argentina, whose vision by its sheer strength had revived Spanish dance, which at the time had nearly fallen into obsolescence, must, in her pure brilliance, have embodied grace; and it wasn't particularly surprising that, now once again, she could so enrapture an aging Japanese dancer: in the realm of art, the distinction between life and death loses its relevance, the one taking place in the other, both equally done away with for the spirit that, through beauty, signals the profound transition.

Now that the courses were finished, I wanted to return to the *Lectures*; but the stranglehold that gripped my lower back, which became inflamed as soon as I concentrated, was preventing me, undoubtedly owing to a bad posture in which, my body freezing up, energy was unable to circulate correctly from the sacrum to the brain and find expression there; and I considered yoga: more precisely, the lotus, the position often depicted on the cover of manuals, intrigued me, as a means to move forward and finish; however, having never practiced yoga, nor physical exercise, I couldn't see how this position was possible, and at times even doubted that it was real; when one evening, around eleven o'clock, following several fruitless attempts during the course of the week, when I had already taken my mix of sleeping pills and was again considering the lotus, suddenly the technique appeared simple to me, and, impulsively, I got up to execute at once the movement I had visualized—I sat down in the hallway, next to the oil heater, beneath a primitive tanka from Nepal, the gift that the publication of the second book had earned me, which I would look at each time I passed by it, but which now, oddly enough, I blocked out—: in effect, you had only to relax the ankle and knee joints, to open the bottom of the pelvis, at the hip joint; and it was then possible to bring the right foot inside the left thigh, on top of the fold of the groin; and, by crossing the left tibia over the right tibia, the left foot inside the right thigh, on top of the fold of the groin: the posture barely attained, I had to undo it; but its effect brought about, in one breath, relief: the body instantly reorganized on its axis, like a planetary system harmoniously entering into gravitation; an inexhaustible source opened, each evening from that moment on sought after, from which I drew; so that the most tangible immediate consequence was that, while it had taken me two years for the first book, and one year for the second book, in six weeks I completed the third book: begun, four years earlier, during the inundation of the Musset, in disintegration, the *Lectures*, with the help of the lotus, which had been essential, ended in a structuring of energy that afforded its control, sustenance for something else that had drawn me to undertake it.

Groddeck had first struck me in Paris, in 1963, during the Christmas vacation: Eric, a neighbor at the Swiss House, the son of a minister with whom I had studied humanities, had lent me *The Book of the It*, published some months earlier under the title *Au fond de l'homme, cela*; supposing that it would interest me, since I exhibited a taste for psychoanalysis in which, however, I right away sought not orthodoxy but alternative approaches; and this book, in the evening, on the train between Paris and Lausanne, illuminated me: if all sickness had to be understood as an oracle, the human body ceased to be materially an object and became, essentially, the space the mind takes in its sights: its field of instruction; and I wanted to read the text now in German, although it never occurred to me to buy the new edition that had just come out; so that in June 1964, while in Zurich for a few days, I found not the first but the second edition, from 1926, in the appendix of which appeared an advertisement for Groddeck's first book — I hadn't known of its existence —, *Le chercheur d'âme*, a "psychoanalytic novel," whose detailed table of contents, manifestly dizzying, was re-produced: while through the Fränger, which I had begun in January, were transmitted the terms of the relationship in which the master gives direction to his instrument, here suddenly was revealed a target worthy of my discipleship; and the publication of the Fränger, in 1966, cleared the way into Groddeck: I agreed, in order to suggest by way of compensation *Le chercheur d'âme* — which I still hadn't managed to find at any bookseller's, German, Swiss, Dutch —, to translate some Binswanger, and as it happened there was also an anthology of work by Groddeck pending, which I enthusiastically took on, even be-fore beginning the Binswanger and before, through the German editor — in 1968, when I was becom-ing involved in the excesses of the *Complete Works* of Diderot —, a copy of the novel finally reached me.

I was imagining something amusing, it was a leap into an unendurable struggle that I couldn't fathom; but although I would repeat, to anyone who wanted to listen, that the book was untrans-latable, nevertheless it didn't alter my internal com-mitment, through an act of faith, clearly blind — where the apparent reality simply won't sink in —, to translate it, whatever the cost: in fact, at no point had it been in my power to decide; it was vital, like predestination, to which one can only acquiesce; left to personal judgment was only the discovery of the means to respond, within the agreed-upon schedule, to life's requirement.

When the edition of the *Complete Works* of Diderot was finished, in 1972; after, in the essay on paradise, in 1974, I had made the connection between the kingdom of Bosch and the body of Groddeck; and when in 1976 the compromise that, in the essay on the presence of death, in the form of a thesis, I was hoping to maintain fell through, the idea had come to me, already in 1975, to ask Margaretha Honegger, the legatee of the work of Groddeck—I had first made contact with her in 1969, after the publication of *La maladie, l'art et le symbole*—, for the *Lectures*, the typed manuscript, which I hadn't thought of reading earlier, the publication of which now seemed to me indispensable: I saw in them the way into *The Book of the It*—which was, on reflection, of no interest at all to me, precisely because that book was accessible—; in translating them, however, I discovered what they had been for Groddeck, who, ten years earlier, in 1906, had composed *Le chercheur* but, not succeeding in giving it a satisfactory form from which he could break away, had had to leave it unfinished, until the exercise of the *Lectures*, embarked upon by chance in 1916 and sustained until 1919, had taken him back to *Le chercheur*, a beginning to which, by its completion, he put an end: blindly I had remade Groddeck's path within his labyrinth, in order to find the way out, impossible to find from the outside, locating it within, a suprahuman presence looming at the heart of a subject.

While waiting now for the details of the contract for *Le chercheur* to be worked out, I began, in September, on an impulse, to translate *Le pasteur de Langewiesche*, a short feuilleton written by Groddeck in 1909, after the first version of *Le chercheur* — in which the hero, not having known how to prevent the sale of a wooden Christ figure by the villagers for whom he was responsible, in a moment of illumination, on the dispossessed Cross, to return to it its human weight, crucifies his own body —; and, this diversion finished, at the beginning of December, as I was finally starting *Le chercheur*, which seemed to me ever elusive, I received from Florence, by way of a New Year's greeting, the essay that she had written on Kazuo Ohno in his performance as La Argentina: looking at his photo,

which I'd never seen before, I had a feeling of repul-
sion, because this was obviously not La Argentina
in all her bravura but, dolled up in a velvet dress
with a train and a hat with an ostrich feather, like
the mummy of the fetishized mother in *Psycho*, by
Hitchcock, played by Anthony Perkins in drag, a
worn-out body that, exposing itself to invasion, was
surrendering its degradation as the final appeal for
clemency.

It had been a year now since, in breaking things
off, I had declined the choice made for me by my
mother before her death; as she had been doing every two months, however, Michèle had called, and
we were supposed to see each other that Wednesday, December 17: to begin with, I wanted to show
her the second Kashmir shawl that, just at the end
of *Le pasteur*, I had found at the flea market — a
Marseille jacquard square that had nevertheless
fascinated me at once, since it constituted the necessary counterpart to the Rose Garden, setting
against its sixteen dispersive swirls on the outside
a concentrated sphere on the inside, of red tracery,
floating in a diamond of metallic-gray ether itself
set in a green-and-black square that incorporated
into its corners sections of the central globe —;

turning away from it, Michèle observed, "I don't get the radiance of your Kashmir shawl"; and we went to the station buffet where, toward the end of the meal, officially in our engagement period, she announced to me that she had a new boyfriend; giving me, by this fait accompli, formal notice, if I wanted to proceed, to make my own choice; and so when we parted at midnight, I returned home full of a feverishness that the sleeping pills increased, so that, around one thirty, I got up and went out, to go to the public toilets, on place Saint-Gervais, in the basement, where for years I persisted in looking for what, already stunning me in the stench of the public urinals in Paris, at age twelve, evading my grasp, captivated me — before Pentecost, returning home from the classes in Zurich, around one in the morning, I had encountered someone there who didn't appeal to me but whose waiting affected me, not realizing that he was drunk and that, in this state, I was intruding upon him with my aimless concentration, whose misbehavior, the next evening, when I saw him again, in the guise of sudden passion at first moved me deeply, when, without segue, he called out to me in German, "Why are you so stupid?" then made me freeze when he continued in

French, "You belong to me, I want your body, I want your soul"; and I had driven him away, only to attempt, several days later, to find him again, in vain, a hallucination to which I refused access in reality—; while now, a reeling lout suddenly looming up, seeing me, fell to his knees at my feet.

He had spoken to me about withdrawal, about an empty bottle of whiskey on the ground there, and about a brawl in which he had torn the sleeve of his anorak; and when we arrived at my apartment—outside, we had had to wait a quarter hour for a taxi, during which, in fits, in order not to fall, he had hung on to me—, he had flopped down on the bed, asking me, before sinking under, not to forget to wake him at five o'clock: when the telephone rang, I wasn't sleeping, but he was unconscious; rubbing his face with a towel moistened with cold water, I finally managed to pull him from sleep: he looked at me; then, slowly putting together what had happened, he came around, suddenly ecstatic, in a trance enveloping me in a worshipful embrace within which I remained, stunned: it was seven thirty when he recalled that he was supposed, at six o'clock, to have opened the bistro where he had been working for only three days, and telephoned

his boss to ask him to find someone to fill in, saying that he would be there as soon as he had found
a taxi — outside, it was snowing —; but, now, he
couldn't manage to unknot the laces of his putre-
fied Clarks, which I had pulled off him to put him to
bed: I took them in my hands then, and at the moment when, detecting their odor, which at its most
extreme — unbearable — was an invading force that
suddenly made me hyperventilate, I knelt down at
his feet, he released in one breath, "I will marry
you, you have only to say the word, wherever you
want, whenever you want"; and when, at quarter
past eight, having finally gotten a taxi, a rendez-
vous having been set for that evening at nine at the
Colibri, a bistro downstairs from his place, unable
in the entryway to pull himself away, he kissed me,
beside himself — "I love you and I worship you, and
I am very jealous, and if you betray me, I will kill
you" —, I discovered to my elation that, while this
was what I had wanted to experience, convinced
that there had to be a difference, there was none,
between man and woman, none whatsoever, since
it is negated for the body that in its fulfillment is
escaped.

During the month that followed, I saw him only

when he was drunk: he would telephone then without warning, in the middle of the night — every time, whatever the hour, that he called, he pulled me from the unconsciousness of the most profound sleep, even though I otherwise remained, as usual, awake —, and, from the bistro he hung around at, taking a taxi, he would suddenly appear ten minutes later at the door, a genie released from his bottle, gaze piercing, body luminous; without my seeking — even though he insisted, at first, that I intrude — ever to have a hold on him, making me realize, and this filled me with an acute exultation — which, three weeks earlier, as I was throwing myself into *Le chercheur*, had finally made me buy the *Psalms of David*, by Schütz, the joyous intensity of which, at first hearing, years earlier, had enthralled me, without my having, until now, dared to listen to them —, that, for him, I didn't exist in reality outside of drunkenness; the asceticism consisting in being only this, which made of two bodies brought together the mere stopping-off point in an impersonal connection that, through the necessary surrender to his arbitrariness ravishing my body, was draining me completely through this dissipation, about which, by telephone, at the end of January, in response to a remark I made to him about his increasing discontinuity, he stated abruptly, "Hollywood, it's over."

At the end of January, when the draft of *Le chercheur* was advancing rapidly, I went to the Théâtre du Caveau to see Moriaud, with whom I had remained in contact, although the relationship had soured when, after the Musset, Moriaud having asked me what exactly I wanted, disconcerted, I hadn't known what to answer, while he pressed me to finally choose, whoever it be, a body, at which I expressed my reluctance, claiming, dishonestly, to have already done so besides; and, backstage, after the performance of *Point d'eau*—in which he played the guru of a group of survivors of some cataclysm—, I was recounting to him my news when Sandra, a Romanian refugee, who had staged the play, her curiosity obviously aroused, invited me to have a drink with the troupe, so as to offer me out of the blue—we hadn't exchanged three words—the part, in February, in her next production, initially conceived as a montage on the theme of Antigone, of the announcer, then, should the need arise, in the play by Sophocles, which was being staged in May, that of the leader of the chorus.

At the thought of working again with Moriaud, who was playing Tiresias, but, still more, struck that, when I had known her, eight years earlier, Svetlana, giving up ballet, had rightly tried her hand at theater in a montage of the trilogy by Sophocles in which she played, in addition to the Sphinx and Jocasta, Antigone, I accepted, fascinated by the logic of the proposition: for if I had, initially, given up the theater, it was with the awareness that it would be impossible for me to act without consenting to homosexuality, which would have overwhelmed me, whereas I was aiming for control over it; for which the Fränger had supplied me with a technique whose significance I had long failed to see, similar to the disruption of sleep that, systematically, I had brought on by taking sleeping pills, with an obviousness I didn't wonder about, as soon as I undertook the Diderot—culminating, when I met Moriaud, in three months of total insomnia, which was losing its agonizing nature only now, with the sudden appearance of the lotus—: the Adamite heresy, as re-created in *The Millennial Kingdom*, elaborated, in actual practice, tantrically, by the man who, indefinitely postponing his ejaculation in orgasm, with his mind sent it back like a fire into his own body, thus sublimated.

Starting with three academic conferences on *Antigone*, which she was responsible for chairing, and the project, soon abandoned, of staging the single play by Sophocles, in the version by André Bonnard; also dangling the prospect of a series of performances at the ancient theater at Delphi in August, after the fifteen performances now set for the Caveau, Sandra had succeeded, for this production, in putting together a professional troupe in which I was the only amateur, moreover the one in charge of the dramaturgy: though every time we had discussed *Antigone* she would take the words out of my mouth, I didn't suspect, despite the way she had of leaving her cigarette butts lying around everywhere, that, lacking any substance, she was concerned only with charming whoever was drawn into her obsession with staging one show after another.

After two weeks of rehearsals, when, the croaks piercing the hoarseness, her voice had become unbearable to me, and although it seemed that, precisely because of the contracts she voluntarily signed, we had to act for the mere beauty of the gesture — which no one, while he was able to withdraw, had apparently noticed —, at the beginning of April, I acknowledged that Sandra was only the opportunity, rare according to Moriaud, for whoever knew how to use it, to be forced, having been driven back onto oneself, to break through one's own limits; and, as the fraud was on the point of being discovered, my double function making the actors uncertain whether I hadn't engaged in manipulation by proxy, I had to take on the dramaturgy where the leader of the chorus, the link between the human and the suprahuman, like the third eye opening up to the blind vision of Tiresias, was solely an impassive seat of concentration; adopting, in order to make it perceptible, little by little a bearing taken from yoga: during the performance, which lasted an hour and a half, standing, immobile, on the proscenium, a presence, in the midst of the actors, with a phrasing at first floating but, on the advice of Moriaud, whose attention was focused on me, projected with an increasingly embodied force, to the point where Creon, on the evening of the premiere, and even though, during the rehearsals, he had conspicuously avoided all discussion, before coming onstage being unable to resist any longer, blurted out, "You don't want to be the Exterminating Angel, either."

The health of my father, since the previous September, had been deteriorating, the drugs having less and less control over the tremor that was now paralyzing him in spurts, disjointing his day with gaps to which, not wanting to hear of another hospitalization, he reconciled himself, and which I likewise trivialized; while, returning after the three months' interruption occasioned by *Antigone* to *Le chercheur*, I finished the word-for-word translation in June, to find myself confronted with the difficulty unresolved, since I still didn't know how to convey in French what showed through in the German, in my version rendering, as I was aware, only a state of amazement, not, in its magnetization, the torrent of a life; and, the more I advanced, the more I was losing my way, when, on August 13, I had to have my father admitted, despite his refusal — "because you die there" —, to Thônex so that they could try, by gradually changing his medication, to stabilize his condition; but it was the balance found upon the death of my mother, three years earlier, that was undoubtedly slipping away.

The following Saturday, at the flea market, at Pauline Cohenoff's, who had had, almost a year earlier, the red G&T from Saint Petersburg that I had wished for as a reward for finishing the *Lectures*, amid a collection I found the "Suicidio" from *La gioconda*, by Ponchielli, and the recitative and air from

La vestale, by Spontini, sung by Rosa Ponselle, who, having retired fifty years earlier to her villa Pace in Baltimore, had just died, and whose voice, despite the fact that Neury, my guide in this case, had for years and even quite recently — he had taken part in *Antigone* as a coach for the chorus — spoken to me about it, eluded me, so I was curious to hear it in particular in the excerpt from *La vestale*, whose emotion I had glimpsed through Callas; and, as soon as I returned home to my father's, listening first to the "Suicidio," I thought Ponselle's brilliance too intense for the air, the line of which seemed subtle; but, with the first note of Giulia's recitative, inexhaustible in its splendor singing with the silence, completely freeing itself and articulating itself with unexpected exactitude, her voice attained, overwhelming as it was expressed, found through oblivion in its gift, the absolute.

Whereas for the past year, I had been searching, without knowing for what, Ponselle broke through to me with the prayer, which from that moment on sustained me; appealing to the tutelary power, to my father as well, to defer death and help me once again, until the end of *Le chercheur*, which called upon the impulse, in the heart, forced, so as not to be suffocated by it from the moment of its inspiration, to bear witness to the suprahuman overpower-ingness, which takes human form in the phrasing, in which the words, through a game of displacement having become fully concrete, create a saturation such that, in its comprehension suddenly reversing itself, it expresses that which transfigures the void.

In September, my father returned home; never-theless, everything had become precarious, and, at the beginning of December, when I was two-thirds of the way through *Le chercheur*, he had to return to Thônex to have his medication adjusted, it being agreed that he would be allowed to return home, if possible, at Christmas; after the holidays, how-ever, in a sudden burst of confidence, he decided to remain at home, even though he was becoming weaker, having picked up from me a cough, which had been plaguing me in fits as I was approach-ing the completion of *Le chercheur* but which at his apartment had been silent, although he didn't worry about it, being impassive — in 1949, in Davos, when they removed three ribs to arrest the tuberculosis that kept him at the sanatorium for a year, he had woken up from the anesthesia in the middle of the operation, which he endured right to the end with-out blinking an eye —; but, on February 8, when I announced to him, during the evening meal, the end of *Le chercheur*, in a flash he had seemed better — "Praise God, I congratulate you" —, so suddenly that at ten o'clock, he called me, in a daze; and, the next morning, since he could hardly stand, I had to take him to the emergency room: he had a double bronchopneumonia; and the doctor at Thônex, where my father had been readmitted, by the tone of his voice gave me to understand that in his opinion I was reckless, all but responsible for the death of my father, who, however, when I went to see him, didn't seem upset, saying to the contrary that it was only a chill, from which he had practically recovered when on Wednesday — I had sent out *Le chercheur* the previous day —, at the flea market, I no longer remember at whose stand, I found two ten-inch Odeon records: four Spanish dances interpreted by La Argentina, which I listened to now, the body that gave her physical form having dematerialized, to dance through a scansion, ultimately purely abstract, where a sharp tap of the castanets sufficed to evoke in its brilliance the entirety of beauty.

May 1982 – April 1983

Alexandre Brongniart

IT WAS A TUESDAY evening, in May 1982, after the end of *Le chercheur*, when I returned home
particularly tense: my father, intruded upon by his
neighbor — a young radio engineer, an amateur pop
musician, who lived next door at his girlfriend's,
with two hideous dogs and stickers all over the
door —, could no longer extricate himself from the
neighbor's presence: at night, when my father had
gone to bed and could not, without immense effort,
get up again, the neighbor, scoffing at the locks,
suddenly having appeared in the apartment, would
mock him to the point of sitting down on the edge
of his bed; and, during the day, from the other side
of the wall, he would harass my father by mimick-
ing his every move; and although for a long time

57

my father had said nothing to me — the first signs
had appeared a year and a half earlier, not long after
the neighbor had moved in —, making it a point of
honor, while imperturbably going about his daily
routine, to disregard this intrusion, which for nearly
nine months had been, in his opinion, beyond the
limits of tolerance, he had on several occasions, first
thing in the morning or late in the evening, called
the super, who had intervened with conviction, had
complained to the police, and, when nothing else
worked, had finally gone to see the neighbor, to ask
him to dictate his conditions for leaving my father
in peace; all of which I had only just learned, when,
believing that I was encouraging my father in his
ideas, the neighbor and his girlfriend had stopped
me in front of the building one evening as I was
arriving, no longer allowing me to continue to de-
liberately ignore — as the only means of curbing
it — the hallucination that, now that I was arguing,
each day took shape more forcefully.

I dreaded that my father, in losing his mind,
would make it impossible for me to fulfill the vow I
had made, while my mother was dying, in September 1978, when the doctors, having discovered that
he had prostate cancer that had metastasized to the

bone, had announced to me that he didn't have long to live, and, refusing to accept the diagnosis of this disease that my father was unaware of, I realized that I would have to act likewise, if I wanted to succeed where, it seemed to me, I had failed with my mother; spurred on to it on the day of her interment, October 31, when, upon returning to the apartment, my father, in order to cut off the sobs that were overwhelming me, in recalling the reaction he had had under the same circumstances at seventeen years old, led me to ask him a question about his past, of which I knew only fragments, having never thought—prevented by a gesture of my mother's, in 1948, upon receiving a letter from Chile, containing some stamps for my collection, and coming from my father's supposed half brother—to ask: a "natural" child of his parents—when they were married, four years later, they didn't acknowledge him—, my father had been entrusted to his grandmother in Vienna, learning from her on her deathbed, in 1917, the truth about his origins: in particular that the person whom he believed to be a cousin, in Romania, was his brother, who, when the brother came of age—his parents having in the meantime passed away—, would become the sole heir to a fortune,

which my father tried, as a last resort, through a law-
suit, lost in 1927, to claim a part of; and my father
showed me the article that he had saved, from a local
newspaper, relating this episode, whose revelation
now, shocking to me in its scandalousness, made
me swear to myself to repair, as far as I could, the
injustice by showing my father a love whose frustration formed the basis — as I had already explained
to him, before knowing the story in detail — of his
persistence in regularly destroying, through gambling, a life circumstance that he obliged my mother
to salvage — with the exception of the last time, six
years earlier, when, since he was going to be forced
into retirement, he had unburdened himself to me
about a debt, for which I agreed to accept responsi-
bility with him — through three consecutive wins in
the trifecta, in September 1979, he was obligated,
down to the last penny, without which he had nothing left, to repay it —, provided that it be kept from
my mother, who, without letting on, had nevertheless known about it, giving herself away only in July
in a note where, to justify her having set me up as the
sole trustee of the 60,000 francs she had just inher-
ited from a brother who had immigrated to Montevideo, whom she had believed to be poor, she had

made an allusion to it —; the sharing of this money, which my father did not request, even though it was necessary, without my realizing its significance, sealing, in May 1979, the relationship in which my father, on a sound impulse taking me at my word, devoted himself to me like the master upon whom gratitude confers a liberty that he bestows.

That evening, having begged my father to put the telephone next to the bed and call me as soon as the neighbor drew his attention — up to now, oddly enough, despite the persecutions he had suffered and even though I was only a short distance away, he had never asked me to intervene —, during the lotus the function of this presence suddenly dawning on me — until now, thinking only to understand rationally, I had avoided wondering about it —, in the shock of its obviousness, convinced that if my father saw its significance, his torment would vanish, I had a surge of hope that he would accede to this knowledge, when the telephone rang: it was my father, who asked me to come; so that, having maintained my concentration, I found myself at his apartment, in front of the bedroom door, which was locked with a key from the inside, knocking impatiently so that he would let me in; and my father, having made sure who it was, quickly got up, half opened the door, and cast an encompassing glance around the hall before turning to me — "He's not there?" —, thus giving me the signal I was waiting for to go on, incantatorily: that he could understand that he would want this intrusion, since it was protecting him from something else, which he dreaded, and from which his attention, through this persecution, was being diverted ... "Death. That was foolish. One knows neither the day nor the hour"; hearing which, I was overwhelmed by a burst of emotion in which he let out, "You are saved. Nothing more can happen to you. It is very big of you to have said that. You are saved"; and in the elation of the moment's shared insight, all distance — where the kiss we exchanged each evening had remained formal — being destroyed, embracing him unrestrainedly at last, we kissed each other.

In the morning, at the flea market, curious about what I might find to hallmark what had occurred in the night, I went past Lometto's stand just as Fontanet, going through some porcelain, was unpacking a bust whose luminosity made me stop, so that she laid it in my hands: it was a Sèvres bisque, Alexandre Brongniart, by Houdon, a child's eyes and smile focused elsewhere, inwardly, which, for one hundred francs, I kept — several people, seeing it, equally dazzled, wanted to buy it —, while considering now two cylindrical cups, early nineteenth century, which made me think of the two Rosenthal cups, all that remained of a service of six, that my father and I used for tea; but, although Fontanet would let me have them for fifteen francs, I couldn't make up my mind — they were unmatched, and one had a hairline crack —, finally giving them up, with the feeling that I was breaking up the parts of a collection; and, in fact, my father, who in the morning had greeted me radiant, in the evening was waiting for me with an impatience that at first disconcerted me, maliciously asking me to listen to him before I got angry: after I had left, at two o'clock in the morning, while clearing the low table in the hall, where we drank our tea, he had broken one of the two cups; and, to replace it, he had gone all the way to Girard aux Grottes, more than ten minutes away — for months, he hadn't ventured more than a hundred yards —, but they had only Langenthal porcelain; so my father had telephoned the Rosenthal Studio, but they had to place a special order, and that took six weeks; so that I decided now whose cup it was that was broken; while, on Thursday evening, when I arrived, he showed me his right hand, which was bruised: in a fall in the apartment, he had just sprained two fingers, the ring finger and the little finger; so that, the nighttime disturbance, from the account he gave me of it the next day, having resumed, I decided that, taking advantage of a check-up, on Monday, at his doctor's, he would have to ask to be admitted to Thônex: if he would consider this stay as a convalescence at a sanatorium — the persecution, up to now, had seemed tied exclusively to the apartment —, he would be able to salvage the understanding we had glimpsed, which would otherwise be lost; but he wouldn't hear of it, and I lost my temper; in the evening, however — I had arrived an hour earlier, to apologize and resume calmly —, in the hall, which was crossed by the rays of the setting sun and in which the calm, beneath the profusion of phonograph records scattered everywhere, contrasted with the vehemence within me, my father, in his bottle-green velvet armchair, his face slightly inclined, as usual, onto his right shoulder, as I sat facing him, on an angle, three feet away, on the arm of the silver velvet armchair piled with books and papers, having listened to me with an attention that was sifting from my words something else whose significance I didn't consider, earnest, said to me softly: "I'll get to that point, I know, but wait. Why are you so impatient? One can have a relapse in any event"; on Monday, however, since the nighttime episodes hadn't diminished, I called his doctor so that he would write up an admission slip for Thônex, where an X-ray revealed that my father, in his fall on Thursday, had broken both fingers — it was his first fracture —, thus objectively preventing, because of the cast, which, by immobilizing his arm, forced his hospitalization, any argument.

My father recovered quickly from his fracture — in three weeks the fingers had healed —, but this time the persecution had also appeared, in fits, at Thônex; and, at the end of June, when he had returned home, the energy that the hallucination no longer focused flowing back into his body gave a renewed virulence to a symptom that had remained latent these four years, after it had flared up in the summer of 1978, forcing the hospitalization through which, on August 27, an end was set to my mother's agony: if the tremor had overcome my father then — around midnight he had fallen, unable to get up, in the bathroom, and it was my mother who, while calling for help, had gotten him up, before alerting me—, ultimately, after my father had taken laxatives compulsively for a week in the feeling, brought on by a bladder obstruction, that he was intolerably constipated, it was diarrhea that defeated him; and this technique of displacement, working in the opposite way as well, had allowed him, as soon as he had been relieved by a catheter, to cease paying any attention to his real infirmity; while the now-resurgent obsession resumed its original line: after a month, on Sunday, August 1, the effect of the laxatives suddenly accumulating, an excremental chaos shattered him into a stuporous state; and at Thônex, to which he had been re-admitted, the delirium being immediately cleared, the doctors decided that, since he would no longer be able to remain in an independent living environment, and since it wasn't possible to hospitalize him this way, at closer and closer intervals, he had to be placed in a retirement home; without wanting to consider that the route chosen four years earlier precluded this recourse, about which, on August 8—I had come this time on a Sunday and not on Saturday as usual—, when, around two o'clock, in the deserted dining hall, I told him that we need

only consider it on a trial basis, my father con-
cluded, "So there's nothing left for me but suicide."

Les Marronniers, a Jewish retirement home lo-
cated in the neighborhood of Les Délices, no more
than ten minutes from the apartment, seemed to
be ideally suited: my father, in September, when
he had toured it with me — putting on a show of
believing that this solution had my approval, he displayed an aggressiveness that, at the time, I didn't
see through—, delighted, had said that he was impatient to move in; and his admission was set for
October 4; with the idea, however, of assuming all
costs without any subsidy, and wanting to avoid the
appearance that the measure was irreversible —
which alone would have permitted its success —,
I arranged to sublet, beginning in November, his
apartment; but on October 4, when I took my father to Les Marronniers, early in the afternoon,
from the dread written across his face when he saw
the residents flocking to tea, it was obvious that he
would never adapt there; and the next day, on his
first outing, he fell and cut himself above his right
eye; from then on endlessly taking taxis to go to the
emergency room, or to come up to my apartment,
as soon as he was convinced I didn't have a secret

life that would have prompted me to put him in the home, out of an excessive sensibility; while, dramatically, and even though, despite the vicissitudes, he had remained, immutable, a gentleman of a certain age, making up for twenty years in three weeks, he suddenly became an old man; so much so that, the apartment emptied of all personal effects — my own and my mother's, because my father's, I realized then, fit in the suitcase used for his hospitalizations —, those that had accumulated over twenty years, and that I had left, without touching anything there upon the death of my mother, for the sake of a daily routine thus placed under her aegis —, at the very moment I had found a tenant, the step seeming to me intolerable, I suggested to my father, if he thought he had the strength to face the divestment, that he be this tenant; so on October 29 he returned to his apartment, shocked to discover — I had informed him of it, but it hadn't registered — that the neighbor had disappeared — he had moved out on the day my father entered Les Marronniers —; holding on yet until November 4, his eighty-second birthday, only, the next day, to fall on his right hip and apparently hurt himself, since he couldn't take a step without giving way and falling again on the

same side; nevertheless adamantly refusing a hospitalization that, on Monday, since he could no longer
manage to get himself up, the doctor prescribed;
but the X-ray didn't show any injury: the day after
his admission to Thônex, he was walking without
difficulty, regaining his strength while I organized
his ultimate supervision with home health care—
this time a nurse would have the keys to the apartment and would come in the morning to help him
get up, while I would continue to attend to him as
usual, at noon and in the evening—; but on his return home, on December 6, he couldn't tolerate in
real life the intrusion so long hallucinated, and immediately let himself be overwhelmed by his obsession with his bowel movements, the orgasmic char-
acter of which finally occurred to me, on Thursday,
December 16, when, coming in at seven o'clock in
the evening, I found him in my mother's armchair,
his limbs defeated, on his face a relief such that in
his exertion it was doubtful whether he had con-
served the strength to pull himself back from an absence from which he didn't emerge, the following
day—unsteady all day, that evening he was lying,
immobile, on the blue rug in the living room—, until my question, asking whether I should take him to

the emergency room, in a matter-of-fact tone then, looking at me: "There isn't sufficient cause for that."

On Wednesday, December 22, at the flea market, at Madame Inès's, I found, for 450 francs, a collection of some twenty 78 albums — two hundred phonograph records, some "advance copies" again, from the years 1932 to 1938 —, instrumental pieces but also vocal: extremely refined in some instances, music, which I had gotten rid of in October, as the apartment was being cleared out, when, though I took the 78s — mostly acoustic recordings, which, because of the constraint of their abbreviation, instead of the music preserving an artist's project, were ideally vestiges —, I gave up the collection of sixteen hundred LPs, bound up with life such as it had been organized during these twenty years with my parents: primarily an operatic repertory — inaugurated with Mozart, through *The Marriage*, in 1959; continued with Verdi, and *La traviata*, in 1961, it had led to Rossini, culminating with Bellini; the last discovery, in the fall of 1977, having been *Lucrezia Borgia*, by Donizetti, a fading splendor —, from which, among a total of two hundred interpretations, each Sunday in the early afternoon, between tea and coffee, I would choose an opera to be ritually listened to — near the fireplace in the hall, in her armchair, my mother would doze, while, on the couch opposite, I would lie down, curled up, and my father, taking his afternoon nap in the living room, after the broadcast of the trifecta on the transistor, sneaking off for varying amounts of time depending on the returns, would rejoin us at the end of the performance, in line with me then, whereas he had been, on the other axis of the right angle, situated in line with my mother at the beginning of the opera —, which I never again touched after the death of my mother, exploring, in the fervor of *Le chercheur*, spurred on by the *Psalms of David*, by Schütz, the last realm that, as it happened, I knew nothing about, the polyphony of the Renaissance, penetrating, in amazement, the sublime: masses and motets — by Dufay, Josquin, Morales, Victoria —, in which the voice, no longer supported by any instrument other than itself, becomes essentially an elaboration of the divine through the being who, articulating the impersonal in the play of numbers, in rapture frees himself; but not managing to carry out the dispossession, one morning in October, in his store, I spoke about it, perplexed, to "J-Sonic," who, partly at my urging, having in these last years shifted his focus to opera, said he would buy the whole lot for 15,000 francs: the day before closing the deal, however, I debated some more and, because he would break it up, dissuaded him from taking the collection, giving it, with relief, to Anne-Lise, the only one who had been admitted, on a single occasion, to the Sunday concert — it was *La sonnambula*, interpreted by Callas —; thus repossessed meanwhile of that which I had given up, on December 25 in the presence of my father — having recovered in these few days at Thônex, he had been released, and we had had lunch at Richemond —, for the first concert that had to be held at my apartment, I played from the collection an aria by Mozart, "Vorrei spiegarvi, oh Dio," which I knew without having had until then the interpretation by Ria Ginster, whose voice, in its crystalline quality taken to the extreme, embracing in its brilliance a lyric madness, at its highest pitch pierced through the human.

On Tuesday, March 22, 1983, when I went in the early afternoon to Thônex, my father was unconscious: to arrest the bronchopneumonia that, for the past week, had been running him down, they were trying a third antibiotic, as a last resort — on

March 16, when I had arrived at his bedside, he had looked at me — "When are we leaving?" —, only to turn away without waiting for an answer; thus making me understand the change that had struck me on Saturday the twelfth, when, in contrast to the improvement of these last times — he had begun to read again, finishing in three days *The Radetzky March*, by Joseph Roth, which I had found for him, for one franc, at Csillagi's, at the flea market, and, on Monday the seventh, he had come, for my forty-second birthday, to my apartment, finally wearing the moccasins I had bought for him, during the January sales, at Carnaval de Venise — my mother had always wished he would get his clothes there, but he didn't want to, and it was only during the July sales that he had agreed to buy a summer suit there, gray striped with pale green, which was quite becoming, while in November we had picked out a hat there for his birthday —, which he had refused to begin to wear at Thônex —, I had found him not waiting for me at the entrance, downstairs, but upstairs, wearing yellow moccasins that didn't belong to him, shaken by a tremor that I tried not to notice, insisting on going to the cafeteria, from which, after a quarter hour — "Let's go to a different café"—, I led him, his legs giving way, back to the common room; at the time explaining his state to myself as the result of the negative response from Les Tilleuls, which he had learned about the previous day—on December 18, upon his admission, the hospital had agreed to leave him in peace for six weeks, but, punctually on February 2, refusing to keep him indefinitely for observation, they had taken control over the question of his placement, making him visit a facility in Veyrier, disregarding the fact that the proximity of the Jewish cemetery ruled out this choice; while, judging by the reason that the management alleged—he was making too much noise with his cane—, obviously my father—and his impatience, throughout that month, in awaiting the decision retrospectively attested to it—, in not playing by the rules there had staked his all—; because, on the sixteenth, just as it seemed to me, when I saw him, his neck bulging, in his bed, that death had suddenly loomed—in the morning, the social worker had called me: they wanted to admit him to Loëx, the local hospice; I had cut short the discussion, telling them to wait, he was sick—, an impulse of acquiescence came over me; and, without letting himself be dissuaded by the improvements that had been brought about, he was taken there — we had spoken to each other, for the last time, on Friday the eighteenth: seeing me arrive unexpectedly, he had kissed me with a fervor that surprised me and, so that I would be convinced of it, in answer to my asking how he was feeling — he didn't have a fever —, with his head had indicated "Well"; agreeing that it sufficed for me to come every other day, since from then on we had to be patient; and on Sunday — a septicemia had set in on Saturday, checked by a change of antibiotic — he was sleeping, when I had come, so peacefully that I hadn't woken him; the fever returning on Monday —; so that now, at two thirty, as I left him, I held his arm tight with my left hand, noticing, when, in the street near my apartment, I ran into the Red Cross nurse who for the past year had cared for those who tried to remain in their homes, that the past tense slipped out as I spoke of him; while that evening, going to bed after the lotus, just be-fore midnight I sank into an unconsciousness from which the telephone pulled me: on Wednesday, March 23, at 1:05, had come death.

On Saturday, April 23, I went to the flea market, telling myself that what I would find would be my father's sign, and, as I was arriving in front of the stand of the Ange du Bizarre, to whom, seven years earlier, I had precisely specified the shades of the Kashmir shawl that I would ideally want, Sabine was unfolding on the ground, to lay out her objects on, ragged but shining, the very one, which I bought for 160 francs: an embroidered square from which emerged, fringed in black, commanding the space in its fullness, a Saint Andrew's cross whose arms projected at their tip a cross extended into domes — white, black, green, and turquoise blue —, gathering, at their junction, around the black heart formed from a square crossed by a diamond, eight concentric swirls, of precious stones and flesh at once: vermilion, yellow, violet; turning crimson to the eye, shot through with fire.

April 27–May 11, 1983

The Pearl

ON WEDNESDAY, APRIL 27, at the flea market, at Audéoud's stand, where I had found, one year earlier, the Kashmir shawl of the Angel, I had noticed, in tatters, another Kashmir shawl, without wanting to look at it; but, two weeks later, since it was still there, coming closer, I discovered that, a square woven in one piece, it was the model for the Kashmir from Marseille that, just before I began *Le chercheur*, needing to counterpose to the blossoming volutes of the Rose Garden a place of contemplation, I had bought, although I knew that, as a copy, it was but an approximation; without imagining that the original, still in existence, would come along — she wanted thirty francs for it, but suddenly, cutting the price, let me have it for twenty-five francs, next to nothing, not even allowing me not to take it—; so that I hung it in the bedroom in the place that had been reserved for it for more than two years; and the design, freed from the additions that were obscuring it, now emerged—silver, black, and red, mixed with ochre and green, pale and somber, without a trace of turquoise—: at its heart a frame whose compartmentalization identified it as the predella—repeated four times—of a retable, in the black space so threadbare that it was barely discernible floated, beginning and end precisely merging as one, a drop of blood, a pearl, where, from the center, like the circles that on the mirror-like surface of a lake are left by a stone plunging in, out of the silver unfolded a butterfly, which made me resolve to practice the lotus no longer in the hall beneath the Nepalese tanka but here, my back to the Rose Garden, my profile within sight of the Angel, in front of the rose whose filigree quenched in its blossoming, the dew of the imponderable.

The Orient of a Pearl

SINCE, WISHING TO EXPLAIN myself, I cannot
explain myself without, bursting in, joy

L'attrait des choses

Fragments de vie oblique

15 août – 11 octobre 1980

le G. & T. rouge de Saint-Pétersbourg

LE 15 AOÛT 1980, en postant exprès, recommandé, par avion le tome III des *Conférences* de Groddeck, je souhaitais un signe, pour marquer la fin de ce travail qui avait duré 4 ans : si je trouvais quelque chose de précis, rare, introuvable, Groddeck était satisfait et mon devoir, en tout cas sur ce point, m'était remis; songeant à un G. & T. — premiers disques gramophones, à l'ange graveur sur l'étiquette, rouge ou noire selon le prestige de l'artiste, enregistrés en Europe entre 1902 et 1907, dont il ne subsiste parfois que quelques exemplaires —; un G. & T. rouge de Saint-Pétersbourg en l'occurrence : en 20 ans, je n'en avais jamais trouvé aux Puces; et je pensais aussi à la magie d'appel : il fallait un élan du cœur, pour que cela vînt; sans me rendre compte qu'il y a 2 mois, j'en avais fait l'expérience, à propos de chant : sur la pochette d'un disque de repiquages de Félia Litvinne — née à Saint-Pétersbourg —, j'avais lu une phrase extraite de ses « Souvenirs » qui, me touchant, m'avait enfin ouvert à sa voix dont, encore débutant aux Puces, j'avais trouvé un enregistrement—mon premier G. & T. rouge, de Paris : la « Prière » de Marguerite, de *Faust*—, que j'avais pris simplement parce que, par la forme, il sortait de l'ordinaire : un 30 cm gravé sur une largeur de 5 cm; et, voulant à présent lire son livre, de passage à Zurich, j'étais allé chez un libraire spécialisé, mais comme il ignorait jusqu'au nom, je lui marquai sur un billet « Félia Litvinne » : deux semaines plus tard, à Genève, aux Puces, chez Leuba, pour 15 F, en évidence—au point que, n'eût-il pas attiré mon attention, je ne l'aurais pas vu—, il y avait *Ma vie et mon art*, souvenirs de Félia Litvinne, avec, barrant verticalement la page de garde, à l'encre violette un envoi; de sorte que maintenant, chez « J-Sonic », qui avait depuis peu, sous mon influence en partie, des vieilleries lyriques, j'achetai l'anthologie que Rubini, de Londres, venait de publier des voix de la Russie impériale, à tout hasard m'aiguisant.

C'est en mai 1975 que j'avais découvert les *115 Conférences*, inédites, et, leur portée m'étant apparue cruciale pour la compréhension de Groddeck, dont j'étais habité depuis qu'en 1963 j'avais lu *le Livre du ça*, j'étais résolu à m'y consacrer sitôt que j'aurais terminé l'essai où je dégageais, en théorie, la fonction de la mort dans toute création; m'y lançant au printemps 1976, sans savoir comment faire pour restituer en français un texte qui, à chaque fois improvisé en état de concentration, était un simple procès verbal; et, désorienté dans l'immersion, je constituais, par l'exploration des impasses, du moins le labyrinthe où situer l'issue; dans le même temps relancé par un projet que j'avais eu, il y a 15 ans, alors que, commençant une licence en lettres, j'avais suivi, pour les abandonner après 6 mois, des cours de théâtre : monter *Il faut qu'une porte soit ouverte ou fermée*; maintenant attiré par la mise en scène; et si Anne-Lise — rencontrée à ces cours, elle m'avait passé les 2 chambres, dans la vieille ville, où j'habitais depuis 10 ans — restait la marquise, pour le comte je pensais à Neury, que je connaissais des Puces : collectionneur de vieux disques d'opéra, mon concurrent à Genève, il m'avait servi en ce domaine d'initiateur, de métier comédien.

Neury avait accepté, sans toutefois s'engager; et, lorsqu'il fallut, en mai, se décider, il se désista — lui-même voulant devenir assistant metteur en scène, il commençait un stage à la rentrée —, proposant pour le remplacer un de ses amis, que je ne connaissais pas, qui rentrait d'un séjour de 2 ans à Milan, où il avait travaillé avec Strehler; s'il était encore libre, le projet pourrait l'intéresser; et, sur-le-champ téléphonant, il me passa Moriaud : la conversation fut longue — j'étais tenu en haleine — et singulière — tout en acceptant d'emblée, il ne cessait de me répéter, en riant, qu'il devait s'agir d'une plaisanterie et que sans doute je voulais parler d'autre chose —, m'emplissant d'une légèreté qui n'était pas dissipée quand, quelques jours plus tard, je le rencontrai, alors fasciné par le ton d'une certaine lumière qu'il pouvait avoir; de sorte que, si les *Conférences* restaient en suspens, le Musset prit rapidement tournure : en juillet, après une entrevue avec l'équipe que nous formions, Anne-Lise, Moriaud et moi, le théâtre de Carouge accepta le

projet, pour deux séries de représentations, en octobre
et en mars; le soir de l'entrevue toutefois, une fièvre qui
ressemblait à une électrisation m'assaillit, se condensant,
au petit matin, en un refroidissement où le voile du palais
était inconcevablement douloureux, et se résolut, après
quelques jours, en un état de saturation dont je n'émer-
geai plus; cependant que, contrastant avec mon exaltation, Anne-Lise se gardait sans faille d'instinct; un fossé
de la sorte se creusant, qui rendait une rupture avec elle,
puisque j'étais acquis à Moriaud, inéluctable; au moment
où, arrivé à la 29e conférence, du 7 mars — date de mon
anniversaire —, au passage où Groddeck, à propos des
Contes d'Hoffmann et du Dr Miraculus, pour la première
fois explicitement, aborde le thème de la mort, le pouce
droit déboîté, je m'étais arrêté.

Depuis 2 semaines maintenant des élancements, la
nuit, irradiaient dans le poignet droit; et, le matin, j'avais
des éblouissements; lorsque, le lundi 30 août, en fin
d'après-midi, la crise éclata, atteignant au paroxysme —
incapable de bouger, j'étais resté chez mes parents,
étendu sur le canapé du salon, spectateur de la houle
croissante dont je pantelais — : vers 1 heure soudain,
j'eus à mes pieds la vision d'une nappe de feu qui allait
me submerger et dont je mourrais si elle rejoignait le
sommet du crâne; touchant par réflexe le parquet de la
main droite pour dériver le courant, mais à l'instant où
j'exécutais le mouvement, en un éclair qui se décharge,
la nappe de feu avait atteint le sommet du crâne pour,
en se refermant, se dissiper; alors calmé, mais sachant
qu'il faudrait, ayant volé en éclats, que je me reconstitue

morceau par morceau—le matin, genoux et poignets étaient gonflés, roides; et la main droite resta figée 3 mois, pièce à conviction du combat où j'avais dû lâcher prise—; Anne-Lise étant maintenant remplacée par Leyla, ex-femme de Moriaud, elle-même comédienne; et la pièce fut donnée, à la date fixée, dans le rythme initialement souhaité—sans le soupçon, alors, de ce qu'il impliquait—, non pas un lever de rideau mais une folie, improvisation issue d'une concentration où toutes les figures, prévues, prenaient corps dans une combinaison imprévue, rencontre de l'instant : par le Musset, j'avais trouvé ce qui, pour les *Conférences*, me manquait et que je cherchais sans pouvoir le saisir, puisque cela saisit—me permettant, dès janvier, sans plus m'occuper de théâtre, de m'y engager— : mouvement passant d'une voix s'or-donnant, le phrasé.

La voix m'avait parlé lorsque, la première fois que je l'avais vue—c'était en 1969, une fin d'après-midi de novembre, à Londres; elle rentrait d'une répétition de ballet—, Svetlana, en me souhaitant la bienvenue, avait imprégné mon nom d'une douceur qui m'était inconnue, me faisant souhaiter d'être ce moi, puisqu'il apparaissait qu'il pût y avoir là-dedans de la douceur; et sa voix me chercha dans les limbes, trois ans plus tard, lorsque je la revis à Londres—en juin, quand elle était venue à Genève, en tournée, danser *The Lady and the fool*, ballet sur des thèmes de Verdi, dont elle était l'étoile, je m'étais engagé à la retrouver— : toute la semaine que j'y passai, en août, prise par ses répétitions—on lui proposait aussi une pièce, qu'elle hésitait à accepter—, n'ayant pas eu

le temps, le samedi elle me fixa rendez-vous à 18 h 30
au Kardomah, près de Knightsbridge—enfant, à Paris,
le jeudi après-midi, trois années durant, je retrouvais
ma mère au Kardomah, rue de Rivoli, pour lui raconter
mon exploration du Louvre, où je m'arrêtais chaque fois
devant « la Vierge aux Rochers », fasciné par le sourire
de l'Ange—, m'y préparant tout le jour, pour arriver
avec une demi-heure de retard—de Lancaster gate, en
prenant le métro, j'avais automatiquement fait un détour
par Holborn—, sans être étonné ni de mon retard ni de
l'absence de Svetlana, et retourner, vers 21 heures, à l'hô-
tel, où je demandai qu'on me réveille à 6 heures—l'avion
partait, dimanche 27 août, à 8 h 30—; et je me couchai,
ayant pris mon mélange habituel de somnifères, som-
brant alors dans une inconscience dont me tira, à minuit
et demie, le téléphone : Svetlana s'excusait de n'avoir pu
venir—elle avait envoyé une amie m'avertir, mais personne ne correspondait à la description—; et, comme je
répétais que j'étais seulement venu pour la voir, elle me
proposa, puisqu'il restait la nuit, que je vienne maintenant; de sorte que, dans un état second, dix minutes plus
tard, j'étais devant Svetlana, qui m'emmena visiter, à la
lueur d'une bougie, l'appartement que, l'après-midi, elle
s'était décidée d'acheter—c'est pourquoi elle n'était pas
venue—; et, à l'aube, en la quittant, il était convenu que
je reviendrais dans 3 semaines, quand elle aurait emmé-
nagé et commencé les répétitions d'*Œdipus now*, un montage de la trilogie de Sophocle où elle jouait le Sphinx,
Jocaste, Antigone; de sorte que je retournai trois fois une

semaine à Londres; car la quatrième fois, lorsque, de Paris, j'y retournai, pour repartir le lendemain, 12 décembre
1972, elle avait résolu de rompre—par un téléphone,
elle me l'avait signifié, un dimanche après-midi de novembre à Genève, alors que j'écoutais *les Noces*—; ainsi
se terminant aussi le Diderot dont, en 1967, sur un mot
lancé—« Il n'y a pas d'édition des *Œuvres complètes* de
Diderot, il faudrait en faire une »—« Alors faites-la »—,
je m'étais chargé et qui, après 3 années d'astreinte—tous
les 2 mois il fallait remettre un volume de 1 000 pages;
il y en avait 15; et pour tout retard, passé un délai de 15
jours, il aurait fallu verser un dédommagement dont
je n'avais pas la somme—, extrême qui, excluant tout
relâchement, avait conduit au terme; et j'y avais mis
fin exactement comme me l'avait prédit Duclos quand,
attirée par la démesure précisément de la demande,
elle s'y était engagée à son tour, me portant alors, faix
en gestation de l'inhumain où, par une fascination dont
je tirais ma propre force, je fis l'expérience de ce qui,
par la destruction des limites, humaines, ignorées, dans
l'impossible permet l'accomplissement et que confère la
passion, dans la mesure où, étrangère par essence à tout
objet, à tout sujet, pour un inconcevable abolis, elle est
visée du dépouillement : m'annonçant « Je sais, quand
le Diderot sera fini, tu partiras », à quoi je n'avais rien
répliqué, sachant que c'était vrai, même si je ne savais ni
pourquoi ni comment; mais en octobre 1969, alors que
le premier volume, paraissant, scellait l'engagement dans
la folie à deux temporellement, acceptant de traduire *les*

Mains du Dieu vivant, j'étais invité à Londres par Masud, qui était prince et l'éditeur du livre, rencontrant ainsi Svetlana—le dimanche 27 novembre, en échange d'une plume de cristal et d'un miroir miniature en argent, trouvés, le matin, dans la neige, aux Puces de Portobello, cadeaux d'adieu, je recevais, le soir, un caftan princier vert pâle; et, Masud ayant revêtu un caftan blanc, Svetlana, un caftan rouge, lorsque, pour la photo que devait prendre Sussu, le domestique espagnol, nous nous fûmes dans le grand canapé du salon assis tous trois, moi au milieu, le bras droit posé sur le dossier, un élan me traversant je pressai légèrement l'épaule de Svetlana dont, au milieu de la nuit, un cri inhumain me perça d'épouvante; partant le lundi, frissonnant de fièvre à mon arrivée à Paris, sans avoir revu Svetlana—, qui échappa, jusqu'au moment où, alors que ma part de travail dans le Diderot s'achevait, le 16 juin 1972, maintenant séparée de Masud, elle réapparut à Genève, donnant le sens de la rupture, qui restituait à chacun l'espace, situant juste l'être, de son transport.

Un mercredi d'octobre, aux Puces, Paulette Cohenoff—depuis 3 semaines, elle avait un lot, où j'avais trouvé toutes sortes de disques—, m'apercevant, de loin me demanda si je m'y connaissais et, prenant un disque sur le siège avant de sa fourgonnette, me le tendit : un G. & T. rouge de Saint-Pétersbourg; et le posa sur le pick-up à pile placé sur une chaise à côté de son banc, que je l'entende; pour 35 F me le laissant : la « Habanera » de *Carmen* par, assoluta du théâtre Marie, Medea Mei-Figner; d'une inflexion soudain, la grâce.

26–28 mai 1982

le lot d'une vie

LE 26 MAI 1982, vers 9 heures du soir, Jean-François, que je n'avais revu depuis qu'il était revenu, il y a une dizaine d'années, de Pékin, me téléphonait pour m'inviter à dîner : il y aurait, outre sa femme, un collègue seulement et son amie, Michèle, dont je supposais qu'elle allait se marier, si ce n'était déjà fait, maintenant qu'elle avait fini le livre sur Groddeck que je lui avais proposé d'écrire, en conformité avec une rencontre qui avait été déterminée par Groddeck, il y a 7 ans, alors que, de passage en mai à Paris, je sortais un matin de chez Gallimard, tenant encore la porte, que quelqu'un, que je n'identifiai pas d'abord—en 1969, alors que j'achevais mon second séjour au Pavillon Suisse, il y commençait le sien—, de la rue en me voyant s'exclama « Ça alors, ça tombe bien, c'est justement toi que je cherche »; car il venait, sans succès, de demander mon adresse—il fallait écrire, on ferait suivre—pour sa sœur, à ses côtés, qui, venant de Genève, de passage à Paris, médecin se spécialisant en psychiatrie, ayant lu mon essai sur *Groddeck et le Royaume millénaire de Jérôme Bosch*, voulait me rencontrer; alors frappé qu'à Genève, à deux pas de chez mes parents, chez qui j'allais tous les jours travailler, elle habitât la maison à l'angle de leur rue; me conduisant ainsi au lieu qui m'était assigné lorsque, m'engageant dans les *Conférences* par l'oblique du Musset, il me fut apparu qu'il fallait que je trouve l'appartement que, jusqu'alors, je n'avais pas eu la conviction de chercher : justement sa voisine, que je connaissais de vue depuis longtemps, intrigué par son visage — à qui Michèle avait procuré l'appartement sur son palier, au cinquième —, en mai s'était suicidée en se jetant de la fenêtre d'un cinquième, ailleurs en ville; de sorte que Michèle parla à sa propriétaire, dont elle avait l'oreille, et, en juillet, quand les scellés apposés sur la porte furent levés, je visitai l'appartement, dont je devins le locataire le 15 septembre — même si je n'y emménageai qu'après sa rénovation, en janvier 1977 —, l'étrennant, les deux mains figées, pour les répétitions du Musset.

La santé de ma mère, depuis qu'elle était rentrée de vacances, en août de cette année-là, se détériorait : elle avait eu, il y a exactement 20 ans, alors que nous habitions Vienne, une tumeur à la langue, dont on l'avait opérée, de justesse, par deux aiguilles de radium plantées dans la langue, qui avaient brûlé la tumeur; et si elle n'avait pas eu de rechute, elle en avait conservé un tourment qui, soudain, s'accrut : comme si, disait-elle, Badgastein — où je l'avais convaincue d'aller parce que, il y a 10 ans, nous

y avions passé des vacances dont je gardais le souvenir —,
par sa source radioactive avait été la goutte d'eau qui avait
fait déborder le vase; cependant que pour moi, c'était
comme si le débordement du Musset — au cours duquel
l'antagonisme qui nous crispait s'était, d'un coup de
baguette magique, aboli, dégageant en sa pureté l'intelligence qui nous liait —, par fascination l'avait contaminée;
le spécialiste toutefois qu'elle avait consenti à consulter,
d'abord en novembre puis en mars, les douleurs au lieu
de s'estomper cycliquement s'amplifiant, malgré les
antécédents n'avait rien décelé; quoiqu'elle ne cessât
de maigrir — depuis, surtout, que, fin mai, la perte de
son emploi, longtemps redoutée, était intervenue —;
mais c'était comme si les médecins, que maintenant
elle consultait, étaient interdits par une résolution qui,
en septembre, à son retour d'une villégiature au Tessin,
lorsque, l'attendant sur le quai de la gare, de la portière du
train, les yeux exorbités, elle me héla, à l'évidence m'apparut irrévocable, contrairement à ce qui s'était passé il
y a 20 ans quand mon père, par sa soudaine disparition
deux mois durant — avant la découverte d'un trou qu'il
avait fait en jouant au casino —, mobilisant son énergie
de vie l'avait amenée à prendre en main la conduite de
nos existences pour nous établir, comme pendant la
guerre, rescapés, à Genève, où, quelques années, elle
subvint seule à notre subsistance; de la sorte consentant
au rôle manifestement dévolu à Michèle : le 8 décembre,
en début d'après-midi, d'une cabine des Champs-
Élysées — ma mère avait enfin accepté de se soumettre à

de nouveaux examens, à l'hôpital cette fois; et, marquant le répit de la semaine, j'étais allé enregistrer une émission sur *la Traviata*—, l'appelant, elle me confirma : « C'est un cancer à la langue, inopérable, comme si on l'avait laissé proliférer 9 mois; il n'y a plus que des palliatifs. Ta mère, selon les médecins, a 6 semaines à vivre. »

Le 11 décembre, à 10 heures et demie, lorsque j'arrivai au café Méditerranée, en face de la gare, pour le tête-à-tête du dimanche matin, que ma mère avait maintenu—la veille au soir, à mon retour de Paris, elle dormait déjà; et j'avais proposé à mon père, si elle voulait, le rendez-vous habituel—, assise près de la porte, dans le manteau d'astrakan noir qu'elle avait acheté à une Vietnamienne 3 mois plus tôt, elle m'attendait, essayant de boire un verre de thé, disant simplement « ça ne va pas bien », pour répéter, comme j'insistai, « ça ne va pas bien »; mais, lorsque, sur le chemin du retour nous arrêtant, je lui montrai la rose chair qui, pendant mon absence, s'était éclose dans le froid comme jamais rose chez moi ne s'était épanouie, se tournant vers moi et me regardant, un sourire l'illumina « C'est de bon augure »; et, l'après-midi, me racontant sa peur d'avoir perdu la chevalière avec un petit diamant que je lui avais offerte, il y a quelques années, pour la fête des mères, et qu'elle ne portait plus depuis 2, 3 mois, elle la tira de son sac et la mit à son auriculaire gauche, et ne l'ôta plus; cependant que le mercredi à l'hôpital, quand Michèle vint lui rendre visite, le soir, elle lui confia d'un trait l'histoire de sa vie; la première chimiothérapie—les

médecins avaient décidé une série de six — faisant, le
lundi, cesser d'un coup, durablement, les douleurs;
si bien que, rentrée le 23 décembre à la maison, ma
mère, dégagée de la pesanteur de son corps, s'ouvrit à
la légèreté dont, jusqu'alors, elle se défendait; et, dans
le cours du traitement, à l'incrédulité de tous, avec moi,
puisqu'il fallait maintenant raisonnablement qu'elle fût
accompagnée — le matin au café, après un contrôle à
l'hôpital; l'après-midi en promenade, avant le passage
de l'infirmière —, se livra à l'idylle; les médecins, devant
l'imprévu de cette rémission, proposant alors une radio-
thérapie, qu'elle avait toujours refusée comme la source
de son mal et que soudain elle accepta, fixant elle-même
la date du traitement au 3 mars, surlendemain de son
70ᵉ anniversaire — ces dernières années, plusieurs fois,
lors de nos tête-à-tête du dimanche matin, elle m'avait
lancé qu'elle ne deviendrait pas vieille, elle le savait, 70
ans lui suffisaient — : ce jour-là les douleurs reprenant,
pour ne plus cesser, dans une agonie à laquelle, le 27
août — le tremblement que, depuis 5 ans, il ne voulait
pas qu'on stabilise soudain le terrassant —, mon père, en
rompant l'organisation de la vie à trois, assigna un terme,
me laissant, le temps nécessaire, seul avec ma mère, qui,
lorsque je revins de Thônex où j'avais hospitalisé mon
père, l'après-midi prit les choses en main : « J'ai réfléchi »,
m'écrivit-elle sur le bloc dont elle se servait depuis que
sa langue était calcinée, « tu devrais offrir la bague à
Michèle » — une bague avec six petits brillants que mon
père et moi lui avions offerte, pour un anniversaire, il y

a une dizaine d'années; une bague de fiançailles —; mais je m'y refusai; de sorte que le lendemain Michèle, qui lui rendait visite pendant que j'en profitais pour aller chez moi travailler, à son retour m'appela : « Je te signale que nous sommes fiancés; ta mère m'a donné la bague; mais en fait, je ne sais pas très bien avec qui je suis fiancée; si ce n'est pas plutôt avec ta mère »; 2 semaines après la mort de ma mère — le 27 octobre à Thônex, où, au début du mois, je l'avais reconduite à mon père —, comme si elle retrouvait sa liberté de mouvement, prenant un appartement à l'autre bout de la ville, où elle emménagea dès le 1er janvier 1979, la figure maintenant qui s'agençait l'excluant : mon père, chaque fois qu'elle l'appelait pour prendre de ses nouvelles, constatait « c'est curieux, je ne reconnais jamais sa voix »; aussi il était logique qu'à son tour, fin novembre 1979, quand, affolé par le flot d'un saignement de nez et ne voulant pas me déranger, il l'appela, elle ne répondît pas; le soir, comme je lui relatais l'incident, confirmant : « Oui, j'ai bien pensé que c'était lui, ce matin à 6 heures; c'est pourquoi je n'ai pas décroché »; de la sorte me mettant en état de trancher.

Jean-François, dont maintenant je déclinai l'invitation, par un premier dîner arrangé, en 1963, à Paris, alors que, voulant devenir metteur en scène de cinéma je préparais l'IDHEC, que je m'appliquais à rater tout en rédigeant, par passe-temps, un mémoire sur Diderot qui me conduisit à l'édition des *Œuvres complètes*, un soir de mai où il faisait moite, à la terrasse du Dôme, m'avait mis sur orbite : il voulait savoir si cela m'intéresserait de reprendre la chambre de bonne que Geneviève Serreau lui louait, car, après une année de vagabondage studieux ayant décidé d'apprendre le chinois, il venait d'obtenir une bourse pour Pékin; et comme, à l'époque, je songeais à quitter le Pavillon Suisse, j'acceptai; cependant qu'accessoirement il me parla d'un livre qu'il avait découvert, de Wilhelm Fraenger, consacré au « Jardin des délices », de Jérôme Bosch, plus correctement intitulé « le Royaume millénaire », dont il démontrait qu'il traçait non, comme on le croit d'ordinaire, les égarements de la Chute mais, se référant à une hérésie judéo-chrétienne, une voie de salut centrée sur une pratique amoureuse dont la connaissance ne pouvait être le fait de la libre fantaisie du peintre; hypothèse imposée à l'évidence par certains détails du tableau, inexplicables sinon, et qui réagençaient l'œuvre entière de Jérôme Bosch, laquelle, cessant d'être une juxtaposition de commandes, s'articulait en un discours inspiré : évangile qui, à l'initié, transmettait l'enseignement de la vie d'un maître; me proposant alors, puisqu'il avait décidé d'apprendre le chinois, de traduire ce livre à sa place, tout en insistant sur la difficulté du travail, dont, aveuglément, dans l'enthousiasme que suscitait cette élection, je me chargeai : car Jean-François, lorsque je l'avais connu à Genève, en 1961, alors que tous deux nous terminions une licence en lettres, par son intelligence m'avait impressionné tellement que, ne m'estimant pas à la hauteur, je n'avais pas cherché à poursuivre le commerce; et c'est lui qui, inopinément, ayant obtenu d'une amie commune mes coordonnées, venait de m'appeler.

A l'époque, le rapport d'envahissement croisé, où la question de savoir qui est qui cesse d'être pertinente — car l'un devient l'autre qu'il accomplit —, m'était, me semblait-il, étrangère; alors que je m'y étais préparé en étudiant, un an et demi, par un choix arbitraire que je ne m'expliquais pas bien puisque vaguement cela m'ennuyait, *l'Homme sans qualités*, de Musil, dont le thème est l'approche, par un novice, de cet état; et lorsque je fus chargé de traduire le Fraenger en français, je découvris qu'il avait été traduit en anglais par ceux précisément qui, après, allaient traduire *l'Homme sans qualités*; cependant que 12 ans plus tard, en 1976 — après avoir traduit, en 1969, un premier recueil de Groddeck; et dégagé, en 1974, par l'enchaînement objectif et apparemment fortuit des traductions, une convergence entre la redistribution des rôles sexuels qu'implique la compréhension groddeckienne de la maladie et, chez Bosch tel que l'interprète Fraenger, la désintégration du corps, que l'esprit, par l'érotique adamite, jusque dans son transport maîtrise —, je découvris qu'un psychanalyste américain, Grotjahn, dans *The Voice of symbol*, publié en 1972, par la lecture de Fraenger, entre Bosch et Groddeck, avait dégagé un lien déjà; tandis qu'en juin 1963, avec Geneviève Serreau, au cours du dîner dans la cuisine, la conversation porta naturellement sur *l'Homme sans qualités*, où je relevai combien je préférais *Tonka*, nouvelle qui, en 60 pages, condense incomparablement ce qui reste diffus dans les 2 000 pages du roman; n'apprenant qu'en octobre 1981, après sa mort, que ce qui avait frappé Geneviève Serreau en 1954, l'amenant à travailler 20 ans pour les Lettres Nouvelles, ce fut la lecture de *Tonka*, dont les Lettres Nouvelles venaient de publier une traduction; et si je ne succédai pas à Jean-François dans sa chambre de bonne, je proposai à Geneviève Serreau, en septembre 1963, le Fraenger, dont, inexplicablement, Jean-François ne lui avait pas parlé; et, aussi subjuguée par ce livre, elle le fit accepter par les Lettres Nouvelles; avec une patience dont je ne comprenais pas qu'elle s'adressât à moi m'orientant alors dans l'espace dont, en son regard, irradiait l'aigu.

Vendredi 27 mai, à midi, alors que, chez mon père, je vaquais au repas — depuis une dizaine de jours, s'étant cassé deux doigts de la main droite, il était à Thônex; je tenais cependant à ce qu'il m'appelle tous les jours chez lui, pour qu'en me donnant de ses nouvelles il constate un quotidien toujours à sa disposition —, il venait de m'appeler, que le téléphone à nouveau sonna : c'était Michèle qui, avant la Pentecôte, voulait m'informer que le manuscrit de son livre était chez l'éditeur; de sorte que je lui demandai si elle était mariée : « Non, mais c'est curieux que tu me poses la question, car je me marie dans deux heures »; alors saisi d'un emportement, comme si, après cette période probatoire, où nul n'avait plus dévié de son choix, le sort en était maintenant jeté; et, passant l'après-midi à relire *le Zen dans l'art chevaleresque du tir à l'arc*, dont j'avais entendu parler d'abord par Geneviève Serreau—étonné qu'elle s'intéressât à ce que je croyais être un exercice de gymnastique—, je me préparai pour les Puces, où, le lendemain matin, en arrivant, j'aperçus, me faisant de grands signes, mon lieutenant, dont je ne savais pas le nom—il fallut un an encore pour qu'il me le dise—, mais il était comptable, comme mon père, qui plus est dans un casino—nous étions entrés en contact au moment du G. & T. rouge de Saint-Pétersbourg : triant en même temps que moi et ayant repéré que je cherchais de l'opéra, il me passait les pièces qu'il trouvait; où j'appris qu'il s'intéressait au fox-trot; et, quelque temps après, lui ayant demandé d'acheter pour moi un Marcella Sembrich, car je m'étais disputé avec la mère Janner qui, voyant que je le voulais, en avait triplé le prix, nous étions convenus, depuis, de chercher l'un pour l'autre; de la sorte devenant un rabatteur de fox-trot, cependant qu'il s'occupait, avec une efficacité surprenante, à faire rentrer mes commandes russes informulées— : « Vite, venez, j'avais peur que vous n'arriviez pas », et il me tendit un G. & T. rouge—Marcella Sembrich dans le *Ah non giunge uman pensier un tal gioia*, de *la Somnambule*—, « et puis voici un Patti; et il y en a d'autres, des tas, 4 caisses pleines, vite » : au banc de Csillagi, au milieu des Puces, il y avait, par terre, dans 4 caisses, des piles de G. & T., rouges et noirs, des Fonotipias—pour la plupart, des « advanced copies »—, des Odéons; je m'arrêtai de trier : la rareté dans la profusion, le rêve d'un collectionneur; et, au comptable qui attendait mon verdict : « en vingt ans je n'ai pas trouvé ça; c'est le lot d'une vie »; à Csillagi, sans que j'y réfléchisse : « je prends le lot »; puis, les 4 caisses retirées de la circulation, commençant mon tour du marché, j'arrivai, avenue du Mail, pour aider Audéoud à déplier un cachemire carré dont la douceur, insaisissablement, me captiva — je remarquai seulement, en contraste avec son intégrité, une déchirure d'énigmatique usure en son centre noir —, et, comme si tout fût acquis, demandant un délai de réflexion — alors que les cachemires, aux Puces, s'arrachent —, tandis que le comptable continuait à battre le terrain, j'allai boire un café avec Leuba, qui m'avait avancé les 300 F pour les disques, et je lui parlai du cachemire, le chargeant de le négocier à ma place — comme il se rendait en vacances régulièrement au Népal et en Inde, je lui avais lancé, il y a 2 ans, de m'en trouver un; et lui, ne sachant ce que c'était, avait cru d'abord à un pullover —; en fin d'après-midi je le rembourserais de tout, et nous irions dîner; puis, sans plus me soucier du cachemire, je retournai vers le comptable, transporter dans sa voiture les 4 caisses de disques.

Les cachemires, avant même que le nom me fût connu — alors qu'à 5 ans, avec un napperon grenat et blanc noué en turban je me déguisais en radjah obstinément —, énigme — qu'à Paris, lors de mes pèlerinages au Louvre, de l'index pointait à mes yeux l'Ange de « la Vierge aux Rochers » —, me fascinaient jusque dans l'oubli où je m'en croyais quand, en 1972, Svetlana, une nuit que j'avais froid me donnant un pullover de cachemire noir avec une tache de cire rouge, me rappela à leur constellation dont, en 1976, chez Csillagi, j'aperçus l'emblème en lambeaux—torsades de roses brochées d'or—, que je ne pus me résoudre à prendre; accumulant dès lors les actes manqués, chaque fois qu'il y en avait un faux aux Puces—tissu jacquard de Marseille—; un mercredi matin notamment, au banc de l'Ange du Bizarre, devant un petit rectangle orange, à 35 F, où j'hésitai, retournant après-coup, vainement, puisqu'il était vendu, mais spécifiant alors à Sabine les tons que je souhaitais; cependant qu'en février 1977, à une vente aux enchères dont je visitais l'exposition avec Michèle, je trouvai le cachemire poursuivi depuis que je l'avais entrevu possible : grand rectangle où, dans des volutes de feuillage, serpentant en diagonale à partir de deux cœurs noirs, dont l'un portait, indéchiffrable, une signature blanche, en un lacis éclataient des roses carmin, en bouton, écloses, épanouies; et, à ma mère qui, déjà malade, faisait à l'époque les ventes pour démontrer, à mon père et à moi, qu'elle aussi savait acheter, meublant sous ce prétexte l'appartement où je venais d'emménager, par une description j'en intimai l'achat, en vain : elle avait consenti de miser 150 F; une dame avait surenchéri; elle avait alors renoncé; bien qu'après la vente cette dame, propriétaire initiale du cachemire, le lui eût proposé, elle seule s'y étant intéressée, pour 200 F—compte tenu des frais, cela ne dépassait que de 20 F la somme lancée—; mais, aux Puces, un mercredi matin, 6 mois après la mort de ma mère, j'aperçus par terre, chiffonné en tas, un cachemire que, Lionel m'aidant, je dépliai et, sans aucun doute, à la signature inscrite dans le dôme, je reconnus le Jardin des Roses qui, 2 ans auparavant, m'était resté inaccessible — Lionel en voulait 200 F; je l'obtins pour 180 F, le prix fixé —; et lorsque je le suspendis, je vis qu'il s'agençait autour de 2 coins étroitement échancrés en tulipe, vert et bleu turquoise vif, fichés horizontalement de part et d'autre des 2 cœurs noirs — où un as de pique, vert et bleu sombre mêlé d'ocre, figurait en filigrane de sang un visage de génie —; yeux pers qui trouaient à la rendre invisible la splendeur alentour profuse; identifiant le parc au jardin du « Royaume millénaire », lui aussi éclairé par le jour d'un regard dont l'acuité ordonnait en rigueur la gloire : le Jardin des Roses, célébration de la beauté du monde, pour se matérialiser, avait exigé une vie qui, en lui donnant corps, lui avait offert prise; disparaissant en sa texture, croisement du don et de la perte maintenus dans leur mouvement, manifestation de l'univers, à l'extrême juste, en son éclat, transmission.

Le cachemire que je trouvai ce samedi 28 mai, avant la Pentecôte, 3 ans après le Jardin des Roses, techniquement en différait — non pas constitué de petits morceaux brodés, assemblés tels les pièces d'un puzzle, il était tissé d'un seul tenant —; et, en le déployant la première fois, dans l'exaltation du lot d'une vie, j'avais perçu une traînée de poudre, sans tenter de regarder plus en détail, puisque tout, dans l'éblouissement de sa vision, s'était gravé; mais, dans les rayons rasants d'un soleil de fin d'après-midi, chez Leuba — qui, à 12 heures, conformément à la commande, personne d'autre ne s'y étant intéressé, pour

250 F me l'avait acheté—, lorsque la deuxième fois je
le déployai, sa radiation sereine d'abord me déçut; et ce
n'est qu'après-dîner, chez moi, la troisième fois que je le
déployai, que m'en apparut, dans son mouvement qui
tout intégrait, la trame dont les molécules, également so-
lides, liquides, aériennes, selon le jeu des couleurs, agen-
çaient, par un réseau de veines, d'étangs, de fougères, un
système d'alambics gris saturés de rougeoiements où, tel
l'arc-en-ciel, résultat d'une mise au point de l'œil sur l'au-
delà, de chaque côté du carré noir central structuré en
croix de Malte par l'alternance de 4 antennes d'insecte
géantes avec 4 trônes cristallins, assis en lotus, taille
ceinte d'une paire de flammes, torse dressé, bras ouverts,
levés à hauteur d'épaule, pliés au coude, tête renversée,
en invocation, aux quatre points cardinaux de l'univers,
vibration du cœur, surgissait l'Ange.

12 juin 1982

Duino

SOUS LE SURGISSEMENT de l'Ange, tirant la conséquence que je savais depuis la fin du *Chercheur d'âme*, je
quittai le champ de la théorie, dehors parcouru, pour cer-
ner au milieu le vide et m'y engageai, rédigeant en 3 jours,
du jeudi 3 au samedi 5 juin, à partir d'un journal tenu
ces 4 années, *le Centre du Cachemire*, roman aphoristique
où je me saisissais comme je basculais; après quoi j'étais
allé, du mercredi soir au vendredi après-midi, à Paris,
discuter d'une traduction qu'on me demandait et faire
part, exultant, de la bonne nouvelle; sachant qu'il fallait
que je sois de retour à Genève samedi, pour les Puces, où
sans doute il y aurait un verdict sur ce que j'avais écrit,
qui m'indiquerait comment continuer; et, au banc des
Chouans, spécialisés en livres, où chaque fois je m'arrête,
je trouvai un lot qui comprenait notamment, pour 1 F,
une copie manuscrite, datant d'une quarantaine d'années
à en juger par l'encre et les feuillets, dont il ne paraissait
pas qu'on les ait lus, des *Poèmes mystiques* de saint Jean

de la Croix, traduits par Benoît Lavaud, petit cahier sans couverture, tel un paquet de lettres en souffrance arrivant à destination; et, toujours pour 1 F, avec envoi, *Poètes de l'univers*, de Mercanton, que je ne connaissais pas mais qui, depuis quelque temps, m'attirait, découvrant maintenant, par un coup d'œil, pourquoi, car là-dedans il traitait de l'exercice poétique rapporté à l'exercice spirituel, et de Rilke, premier poète qui fût, par son visage, apparu dans mon univers, même si, pour lui, jusqu'il y a peu, j'avais éprouvé constamment du recul.

A Paris, où nous habitions alors — j'avais douze ans —, ma mère, pour augmenter nos ressources, faisait, en plus, quand elle en trouvait, des travaux de secrétariat occasionnels; dactylographiant ainsi le manuscrit d'une pièce sur Galilée, qui devait être donnée au Burgtheater de Vienne; et, un dimanche, je l'accompagnai à Chantilly, où habitait l'auteur, lui aussi Juif autrichien émigré, qui, dans son bureau, avait, partout exposées, les photographies, certaines agrandies, d'un homme dont le visage, de 3/4 et de profil, par le nez et le menton, m'arrêta : un poète, à ce que j'appris, le plus grand de notre temps, et difficile d'accès; étonné que quelqu'un pût à ce point ressembler, tel qu'il m'apparaissait, à mon père, qui, 8 ans plus tard, à Genève, de Rilke, dont je n'avais rien lu ni acheté, me rapporta, trouvé pour 1 F dans la boîte du bouquiniste de la petite Fusterie, le tome II de l'édition originale des *Cahiers de Malte Laurids Brigge*, que je n'essayai même pas de regarder, le rangeant sur le rayon derrière le chevet de mon lit, dans l'attente du moment où cela ne me serait plus fermé; et ce fut Geneviève Serreau qui, selon les règles, en m'amenant à poser une question précise, m'ouvrit à Rilke : quand elle mourut, en octobre 1981, je lus les recueils de nouvelles qu'elle avait publiés en 1973 et 1976, où je ne pouvais avant pénétrer; et, dans *18 mètres cubes de silence*, en épigraphe à « Dimanche », dernières impressions d'une agonie, je découvris trois vers de Rilke, étonné qu'elle le citât et que son interpellation fût si directe; décidant, sous le coup, de prendre aux Puces, à la première occasion, les poèmes en allemand — curieusement, Leuba, longtemps, me mit de côté, quand il en avait, du Rilke, convaincu, bien qu'il ne le connût pas, que je devais l'aimer; et finalement je l'avais détrompé, avouant que je ne le supportais pas —; et, déjà en novembre, chez Novel, pour 3 F, je trouvai, en un volume, les poèmes complets : le soir, lorsque je voulus chercher d'où pouvaient être tirés les vers en question, voyant qu'il y avait un signet, j'ouvris à la page marquée : *Heure grave*; c'était la strophe finale : « Qui à présent meurt quelque part dans le monde, sans raison meurt dans le monde, me regarde. »

En feuilletant maintenant, en fin d'après-midi, dans le livre de Mercanton, le texte sur les *Élégies de Duino* — dont je ne savais si c'était un garçon ou un lieu —, un fragment qu'il citait de la première « le beau ... commencement du terrible, que, juste encore, nous supportons », par son écho où s'amplifiait ce que j'avais mis en tête du roman aphoristique « l'art ... poudre aux yeux pour qu'ils voient, l'horreur du beau », me happa; de sorte que le soir, sous

le cachemire fixé dans l'alcôve à la place jusqu'alors oc-
cupée par « Psyché et l'Amour », gravure de Godefroy
d'après le tableau de Gérard, achetée 50 F chez Leuba il
y a 5 ans, et depuis deux semaines au rebut — le matin,
après le lot de poésie, un petit pastel XVIIIᵉ, pour 200
F, chez un brocanteur venu cette fois-là, s'était imposé :
sur un fond ardoise sombre, à mi-corps de biais, le visage
de face, Éros enfant, non pas mignard mais un ange qui,
par le regard, rappelait à son ordre : une flèche dans sa
main droite, pointée vers le nid, en forme de cœur, d'une
tourterelle, posé sur la saignée du coude, contre son sein
gauche laissé nu par une tunique bleue, il découvrait,
de quelque amour voulu, la cible visée —, champ dont
la radiation m'avait contraint de rester, la nuit, étendu
non plus sur le côté, recroquevillé, selon mon habitude,
mais sur le dos, tel un gisant; dans les poèmes complets
où, arrêté par le signet, depuis novembre je n'avais pas
poussé plus avant, cherchant les *Élégies*, du cachemire
m'envahissant je trouvai le vertige.

février 1980 – février 1982

la Argentina

C'EST EN FÉVRIER 1980 que j'entendis parler pour
la première fois de la Argentina, même si le nom, tel un
mythe, m'était connu depuis toujours : Florence avait vu
au festival de théâtre de Nancy un vieux danseur japonais
qui, sur scène, dans une église désaffectée, représentait,
comme on invoque la descente de l'esprit, par quelques
gestes d'appel, la Argentina, qu'il avait vue une unique
fois, un demi-siècle plus tôt, lors d'un récital à Tokyo;
plus exactement, qu'il reconstituait avoir vue, puisqu'il
était assis au dernier rang des gradins d'un amphithéâtre,
alors touché sans même qu'il s'en doutât de son éclat qui
maintenant, telle une graine soudain germe lorsque le
terrain enfin s'y prête, l'avait envahi au point qu'il se
vouait désormais à l'évocation de cette vision sans yeux
d'une beauté dont l'aura, en le frôlant, l'avait saisi et qu'il
visait, en conséquence, à transmettre non pas telle qu'elle
avait matériellement pu être — ne se référant même pas à
ses traces tangibles : photographies, disques, fragments

de films — mais essentiellement, corps livré à l'esprit qui le faisait médium.

A l'époque je travaillais aux *Conférences* de Groddeck, dont le tome II venait de paraître; mais avant de m'engager dans le tome III, de mars à juillet, je devais m'arrêter car je remplaçais, pendant le semestre d'été, Roger Kempf, titulaire de la chaire de français à l'École Polytechnique de Zurich; les 4 cours portant sur différents modes d'envahissement du corps en passion : par amour et maladie, folie et séduction, chez Mme de La Fayette et Groddeck, Diderot et Marivaux; et ces mois furent, en fait, voués à ma mère — son vœu, inexaucé, eût été que je suive une voie universitaire — en un élan où, pour soutenir l'intensité qui me submergeait à mesure que, singulièrement, j'avais le sentiment de saigner à blanc, par absence, me semblait-il, d'écho à une parole tout entière s'adressant au-delà, je fus bientôt contraint de vivre reclus : après l'interruption de la Pentecôte, un gonflement des reins me prit par un brusque mouvement pendant la première heure, pour ne plus me lâcher; et, rigide en cet état, toujours improvisant debout, je donnais les cours, lundi et mardi de 5 à 7, mais, rentré à Genève, j'assurais de justesse le quotidien chez mon père, le matin, pour rester, l'après-midi et le soir, chez moi couché, dans l'espoir que la saillie se modère, à préparer mentalement les cours devenus stations où, par l'élancement qui me tenait, retiré de tout autre commerce, j'accédais en absence à ma mère.

En juillet, un samedi aux Puces, chez Julmy, je trouvai un livre, de Suzanne F. Cordelier, consacré à la Argentina, subitement disparue dans sa gloire quelques mois plus tôt, en 1936; thrène exalté de gratitude pour la beauté révélée où, par la ferveur dont vibraient les mots, la présence qui avait provoqué pareil éblouissement devenait sensible dans sa qualité : la Argentina, dont la vision par sa seule force avait ressuscité la danse espagnole alors tombée en désuétude presque, devait avoir incarné en son pur éclat la grâce; et il n'était pas outre mesure surprenant que, maintenant encore, elle pût transporter un vieux danseur japonais : dans l'espace de l'art, la distinction entre la vie et la mort perd de sa pertinence, l'une ayant lieu dans l'autre, également abolies pour l'esprit dont, par la beauté, se signale le bouleversant passage.

Maintenant que les cours étaient terminés, je voulais reprendre les *Conférences*; mais l'étreinte qui me poignait les reins, gonflés sitôt que je me concentrais, m'en empêchait, sans doute due à une mauvaise posture où, le corps se bloquant, l'énergie ne pouvait correctement circuler du sacrum au cerveau et s'y exprimer; et je songeais au yoga : plus exactement, le lotus, position souvent reproduite sur la couverture des manuels, m'intriguait, tel un moyen d'avancer et d'achever; toutefois, n'ayant jamais pratiqué d'exercice de yoga, non plus que de gymnastique, je n'apercevais pas comment cette position était possible, et parfois même doutais de sa réalité; lorsqu'un soir, vers 23 heures, après plusieurs vaines tentatives au cours de la semaine, alors que j'avais déjà pris mon mélange de somnifères et que je songeais à nouveau au lotus, soudain la technique m'en apparut simple et, impulsivement, je me levai pour, sur-le-champ, mettre à exécution le mouvement visualisé — je m'assis dans le couloir, à côté du poêle à mazout, sous un tanka naïf du Népal, cadeau que la publication du tome II m'avait valu, et que je regardais à chaque fois que je passais devant mais que, maintenant, curieusement j'occultai — : en effet, il suffisait de détendre les articulations des chevilles et des genoux, d'ouvrir le bas du bassin, à l'articulation des cuisses; et il était possible d'amener le pied droit dedans la cuisse gauche, sur le pli de l'aine; et, en croisant le tibia gauche par-dessus le tibia droit, le pied gauche dedans la cuisse droite, sur le pli de l'aine : à peine la posture réalisée, je dus la défaire; mais son effet fut, d'une respiration, l'allégement : que, sur son axe, le corps instantanément réorganisé, système planétaire entrait en gravitation harmonieusement; inépuisable éclos, chaque soir désormais poursuivi, où je puisai; en sorte que, conséquence immédiate la plus tangible, alors qu'il m'avait fallu 2 ans pour le tome I, et 1 an pour le tome II, en 6 semaines j'achevai le tome III : initiées, il y a 4 ans, dans le submergement du Musset, par la dislocation, les *Conférences*, grâce au lotus qui s'était imposé, aboutissaient à une articulation de l'énergie offrant sur elle prise, viatique pour autre chose qui m'avait fait là-dedans m'engager.

Groddeck m'avait happé à Paris, en 1963, aux vacances de Noël : Éric, un voisin du Pavillon Suisse, fils de pasteur avec qui j'avais étudié les lettres, m'avait prêté *le Livre du ça*, publié quelques mois plus tôt sous le titre *Au fond de*

l'homme, cela; supposant que cela m'intéresserait puisque
j'affichais un goût pour la psychanalyse où, toutefois, je
cherchais d'emblée non l'orthodoxie mais des traverses;
et cette lecture, le soir, dans le train entre Paris et Lausanne, m'illumina : s'il fallait comprendre toute maladie
comme un oracle, le corps humain cessait d'être matériellement un objet pour devenir, essentiellement, l'espace
où saisir dans sa visée l'esprit : son champ d'instruction;
et je voulus lire maintenant le texte en allemand, quoique
à aucun moment je n'eus l'idée d'acheter la réédition qui
venait d'en être faite; de sorte qu'en juin 1964, de passage à Zurich, je trouvai non l'originale mais la seconde
édition, de 1926, où figurait en appendice une publicité
pour le premier livre de Groddeck — j'en ignorais l'existence —, *le Chercheur d'âme*, « roman psychanalytique »
dont était reproduite la table des matières détaillée,
manifestement vertigineuse : tandis que par le Fraenger,
commencé en janvier, s'imprimaient les termes de la
relation où le maître donne sens à son instrument, sé
découvrait soudain la cible pour laquelle se faire disciple;
et la publication du Fraenger, en 1966, m'ouvrit l'accès à
Groddeck : j'acceptai, pour proposer en contrepartie *le
Chercheur d'âme* — que je n'avais encore réussi à trouver
chez aucun libraire, allemand, suisse, hollandais —, de
traduire du Binswanger, et, justement, il y avait en attente aussi un recueil de Groddeck, dont je me chargeai
d'enthousiasme, avant même d'entreprendre le Binswanger et que, par l'intermédiaire de l'éditeur allemand — en
1968, alors que je m'engageais dans la démesure par les

Œuvres complètes de Diderot—, me parvînt enfin un exemplaire du roman.

J'imaginais de la drôlerie, c'était un saut dans un insoutenable que je ne pénétrais pas; mais si je répétais, à qui voulait l'entendre, que le livre était intraduisible, cela ne changeait pourtant pas mon engagement intérieur, par un acte de foi, précisément aveugle—où la réalité apparente n'entre pour rien—, de, coûte que coûte, le traduire : en fait, à aucun moment il n'avait été en mon pouvoir de décider; cela s'était imposé, telle une élection, à laquelle on peut uniquement acquiescer; seule étant laissée à l'appréciation personnelle la découverte des moyens d'y répondre, dans le temps voulu, au besoin de la vie.

Lorsque l'édition des *Œuvres complètes* de Diderot fut terminée, en 1972; après que, dans l'essai sur le paradis, en 1974, j'eus mis en relation le royaume de Bosch et le corps de Groddeck; et alors qu'en 1976 le compromis que, dans l'essai sur la présence de la mort, sous les espèces d'une thèse, j'espérais maintenir échouait, l'idée m'était venue, en 1975 déjà, de demander à Margaretha Honegger, légatrice de l'œuvre de Groddeck—j'étais entré en contact avec elle en 1969, après la publication de *la Maladie, l'art et le symbole*—, les *Conférences*, manuscrit dactylographié que je n'avais pas songé à lire plus tôt et dont la publication, maintenant, me parut indispensable : j'y voyais l'accès au *Livre du ça*—ce qui n'offrait, à la réflexion, aucun intérêt puisque précisément ce livre-là était accessible—; en les traduisant toutefois, je découvris ce qu'elles avaient été pour Groddeck qui, dix ans auparavant, en 1906, avait rédigé *le Chercheur* mais, ne parvenant à lui donner forme satisfaisante par où s'en détacher, avait dû le laisser en suspens, jusqu'à ce que l'exercice des *Conférences*, entrepris d'aventure en 1916 et soutenu jusqu'en 1919, l'eût reconduit au *Chercheur*, origine à laquelle, par son accomplissement, il mettait un terme : aveuglément j'avais refait l'itinéraire de Groddeck dans son labyrinthe, pour en trouver l'issue, introuvable dehors, se situant dedans, inhumain surgissement au cœur d'un sujet.

En attendant maintenant que le contrat du *Chercheur* soit établi dans les détails, j'entrepris, en septembre, sur une impulsion, de traduire *le Pasteur de Langewiesche*, bref feuilleton écrit par Groddeck en 1909, après le premier état du *Chercheur* — où le héros, n'ayant su empêcher la vente d'un Christ en bois par les villageois dont il était en charge, dans une crise d'illumination, sur la Croix dépossédée, pour lui restituer son poids vivant, crucifie son propre corps —; et, cette diversion terminée, début décembre, alors que je m'engageais enfin dans *le Chercheur*, qui me paraissait toujours insaisissable, je reçus de Florence, à titre de vœux, le texte qu'elle avait écrit sur Kazuo Oono dans sa représentation de la Argentina : en voyant sa photo, que je ne connaissais pas, j'eus un mouvement de répulsion, car ce n'était évidemment pas en sa bravoure la Argentina mais, affublé d'une robe de velours à traîne et d'un chapeau à plume d'autruche, telle que la momie de la mère fétichisée, dans *Psycho*, de Hitchcock, par Anthony Perkins travesti, un corps en son usure qui, s'offrant à l'irruption, livrait sa déchéance comme l'ultime recours en grâce.

Cela faisait un an maintenant qu'en rompant j'avais récusé le choix fait pour moi par ma mère avant de mourir; comme tous les deux mois toutefois, Michèle avait appelé, et nous devions nous voir ce mercredi 17 décembre : d'abord je voulus lui montrer le deuxième cachemire que, juste à la fin du *Pasteur*, j'avais trouvé aux Puces — un carré jacquard de Marseille qui, néanmoins, m'avait sur-le-champ fasciné, dans la mesure où il constituait le pendant nécessaire du Jardin des Roses, opposant à ses 16 tourbillons de déconcentration dehors une sphère de concentration dedans, d'entrelacs rouges, flottant dans un losange d'éther gris métallique lui-même situé dans un carré vert et noir qui reprenait en ses coins les quartiers du globe central —; Michèle constata, en s'en détournant, « Je n'ai pas l'éclat de ton cachemire »; et nous allâmes au Buffet de la gare où, en fin de repas, officiellement telles des fiançailles, elle m'annonça qu'elle avait un nouvel ami; me mettant, par ce fait accompli, en demeure, si je voulais poursuivre, d'assumer mon propre choix; aussi quand nous nous séparâmes à minuit, je rentrai plein d'une fébrilité que les somnifères accrurent, si bien que, vers 1 heure et demie, je me relevai et sortis pour aller, place Saint-Gervais, dans les toilettes publiques en sous-sol où, depuis des années, je m'obstinais à chercher ce qui, déjà m'étourdissant dans la puanteur des pissotières à Paris, à 12 ans, échappant à ma prise me

captivait—avant la Pentecôte, rentrant des cours de Zurich, vers 1 heure du matin, j'y avais rencontré quelqu'un
qui ne me plaisait pas mais dont l'attente me toucha, ne
me rendant pas compte qu'il était ivre et que, dans cet
état, je l'envahissais de ma concentration sans objet, dont
le déportement, le lendemain soir, quand je le revis, sous
forme de passion subite d'abord me bouleversa, lorsque,
sans transition, il m'interpella en allemand « Pourquoi
es-tu si sot », puis me figea lorsqu'il continua en français
« Tu es à moi, je veux ton corps, je veux ton âme »; et je
l'avais chassé, pour tenter, quelques jours après, de le retrouver, en vain, hallucination dont je récusais l'accès en
réalité—; cependant que maintenant, un voyou titubant
surgi, en me voyant, m'était tombé à genoux.

Il m'avait parlé d'un sevrage, d'une bouteille de whisky
vidée là-dessus, et d'une bagarre où il avait déchiré la
manche de son anorak; et, arrivé chez moi—dehors, il
avait fallu attendre un taxi un quart d'heure, pendant
lequel, par bouffées, pour ne pas tomber, il s'accrochait
à moi—, il s'était affalé sur le lit, me demandant, avant
de sombrer, surtout de le réveiller à 5 heures : quand
le téléphone sonna, je ne dormais pas, mais il était
inconscient; avec une serviette mouillée d'eau froide
dont je lui frottai le visage je parvins enfin à le tirer du
sommeil : il me regarda, puis, lentement resituant ce qui
s'était passé, il émergea, soudain extasié, dans une transe
dont il m'enveloppa par un mouvement d'adoration où
je restai en stupeur : il était 7 heures et demie lorsqu'il
se rappela qu'il aurait dû faire, à 6 heures, l'ouverture du

bistrot où il travaillait encore 3 jours et téléphona à sa patronne pour lui demander de le remplacer, il arriverait sitôt qu'il aurait trouvé un taxi — dehors il neigeait —; mais, maintenant, il ne parvenait pas à dénouer les lacets des Clarks pourris que je lui avais retirés pour le coucher : je les lui pris alors des mains et à l'instant où, découvrant l'odeur qu'à son extrême, insoutenable, était le corps envahissant qui soudain me faisait intensément respirer, je m'agenouillais à ses pieds, il me releva d'un trait « Je te marie, t'as qu'à dire, où tu veux, quand tu veux »; et lorsqu'à 8 heures et quart, un taxi enfin obtenu, et rendez-vous pris pour le soir à 9 heures au Colibri, un bistrot en bas de chez lui, dans l'entrée sans pouvoir se détacher, il m'embrassa transporté « Je t'aime et je t'adore, et je suis très jaloux, et si tu me trompes je te tue », je découvris à mon enivrement, alors que c'était ce que je voulais connaître, persuadé qu'il devait y avoir une différence, qu'il n'y en avait, entre homme et femme, aucune, puisqu'elle s'abolit pour le corps en son exaucement échappé.

Pendant le mois qui suivit, je ne le vis jamais que lorsqu'il était ivre : il téléphonait alors à l'improviste, au milieu de la nuit — toutes les fois où, quelle que soit l'heure, il appelait, il me tirait de l'inconscience du plus profond sommeil; alors que je restais sinon, à mon habitude, éveillé —, et, du bistrot où il traînait, prenant un taxi, surgissait dix minutes plus tard à la porte, génie sorti de sa bouteille, regard troué, corps phosphorescent; sans que je cherchasse — bien qu'il insistât, au début, que je le dérange—à jamais avoir prise sur lui, m'étant rendu compte, et ceci m'emplissait d'une exultation aiguë— celle qui, 3 semaines plus tôt, au moment de me lancer dans *le Chercheur*, m'avait enfin fait acheter les *Psaumes de David*, de Schütz, dont l'enthousiasme, à la première audition, il y a des années, m'avait subjugué, sans que j'eusse, jusqu'à maintenant, osé les écouter—, que, pour lui, je n'existais pas en réalité en dehors de l'ivresse; l'ascèse consistant à n'être que cela, qui faisait des deux corps en présence le simple lieu de passage d'un impersonnel communiquant qui, par l'abandon requis à son arbitraire me ravissant le corps, m'évacuait tout entier en cette dissipation dont, au téléphone, fin janvier, à la remarque que je lui faisais de sa discontinuité croissante, il constata abruptement : « Hollywood c'est fini. »

Fin janvier, alors que le brouillon du *Chercheur* avançait rapidement, j'allai au théâtre du Caveau voir Moriaud, avec qui j'étais resté en contact, bien que la relation eût tourné court quand, après le Musset, m'ayant demandé ce qu'exactement je voulais, interdit, je n'avais su que répondre, cependant qu'il me pressait de choisir enfin, quel qu'il fût, un corps, à quoi, de mauvaise foi, je renâclais, prétendant y avoir satisfait par ailleurs; et, en coulisses, après la représentation du *Point d'eau*—où il jouait le gourou d'un groupe de rescapés de quelque cataclysme—, je lui relatais les événements lorsque Sandra, une Roumaine réfugiée, qui avait fait la mise en scène, la curiosité manifestement éveillée, m'invita à boire un verre avec la troupe, pour me proposer tout à trac—nous n'avions pas échangé trois mots — d'être, en février, dans son prochain spectacle, initialement conçu comme un montage sur le thème d'Antigone, le présentateur, puis, le cas échéant, dans la pièce de Sophocle, qui se donnerait en mai, le coryphée.

A l'idée de travailler à nouveau avec Moriaud, qui serait Tirésias; mais, plus encore, frappé que, lorsque je l'avais connue, il y a 8 ans, Svetlana, délaissant le ballet, justement s'essayait au théâtre dans un montage de la trilogie de Sophocle où elle jouait, outre le Sphinx et Jocaste, Antigone; j'acceptai, fasciné par la logique de la proposition : car si j'avais, initialement, renoncé à faire du théâtre, c'était dans la conscience qu'il me serait impossible de jouer sans consentir à l'homosexualité, qui m'aurait submergé, tandis que je visais à la maîtrise; en quoi le Fraenger m'avait apporté une technique dont longtemps je n'aperçus pas la portée, similaire à la désorganisation que, systématiquement, j'entrepris du sommeil par les somnifères, avec une évidence sur laquelle je ne m'interrogeais pas, sitôt que je m'engageai dans le Diderot — culminant, lorsque je rencontrai Moriaud, en une insomnie totale de 3 mois; et qui ne perdait de son caractère agonique que maintenant, avec le lotus surgi — : l'hérésie adamite, telle que « le Royaume millénaire » la reconstituait, s'élaborait, en pratique, tantriquement, par l'homme qui, différant la jouissance indéfiniment en son acmé, par l'esprit la retournait telle un brasier en son propre corps, ainsi subtilisé.

Partant des 3 conférences universitaires sur « Antigone », qu'elle était chargée d'animer, et le projet de montage bientôt abandonné pour la seule pièce de Sophocle, dans la version d'André Bonnard; faisant miroiter aussi la possibilité d'une série de représentations au théâtre antique de Delphes en août, après les 15 représentations maintenant fixées au Caveau, Sandra avait réussi, pour ce spectacle, à réunir une troupe professionnelle où j'étais le seul amateur, en outre chargé de la dramaturgie : toutes les fois que nous avions discuté d'*Antigone* me prenant les mots de la bouche, je ne soupçonnais pas, malgré la façon qu'elle avait de laisser traîner ses mégots partout, qu'elle fût, sans consistance, soucieuse uniquement de charmer qui se prêtait à sa manie de monter, l'un après l'autre, des spectacles.

Après 2 semaines de répétitions, lorsque, le croassement perçant la raucité, sa voix me fut devenue insupportable, et tandis qu'il apparaissait que, précisément à cause des contrats qu'elle signait volontiers, il faudrait jouer pour la seule beauté du geste — ce dont nul, tant qu'il était susceptible de se retirer, à l'évidence ne s'apercevait —, début avril, j'admis que Sandra ne fût que l'occasion, exceptionnelle selon Moriaud, pour qui savait s'en servir, de se trouver, réduit à soi, contraint d'en sortir; et, à mesure que la découverte de l'escroquerie devenait imminente avec violence, ma double fonction rendant les comédiens incertains que je n'eusse pas manipulé par personne interposée, je dus assumer la dramaturgie où le coryphée, relais entre l'humain et l'inhumain, tel le troisième œil s'ouvrant à la vision sans yeux de Tirésias,

était impassible foyer de concentration exclusivement;
adoptant, pour le rendre sensible, peu à peu une attitude
de yoga : pendant la représentation, d'une heure et demie, debout, immobile, à l'avant-scène; présence, au milieu des acteurs, d'un phrasé initialement flottant mais,
sur les conseils de Moriaud, dont l'attention me portait,
projeté avec une force toujours plus s'incarnant, au point
que Créon, le soir de la première, et alors que, pendant
les répétitions, il avait ostensiblement évité toute discussion, avant d'entrer en scène n'y tenant plus, lança « Vous
ne voulez quand même pas être l'Ange exterminateur. »

La santé de mon père, depuis septembre dernier, se
dégradait, les médicaments ayant de moins en moins
prise sur le tremblement qui, maintenant, le paralysait
par à-coups, saccadant sa journée de trous dont, ne
voulant entendre parler d'une nouvelle hospitalisation,
il prenait son parti; et que je banalisais de même; cependant que, retournant après les 3 mois d'interruption
d'*Antigone* au *Chercheur*, je terminais le mot à mot en juin,
pour me trouver confronté à la difficulté intacte, puisque
j'ignorais toujours comment transmettre en français ce
qui transparaissait en allemand, dans ma version se traduisant, j'en étais conscient, une stupeur seulement, non,
en son aimantation, le débordement d'une vie; et, plus
j'avançais, plus je me fourvoyais, lorsque, le 13 août, je dus
faire admettre mon père, malgré son refus—« car on y
meurt »—, à Thônex pour qu'on tente, par un changement de médication étalé sur un temps, de stabiliser son

état; mais c'était l'équilibre trouvé à la mort de ma mère, il y a 3 ans, qui sans doute échappait.

Le samedi suivant, aux Puces, chez Paulette Cohenoff, qui avait eu, cela faisait un an bientôt, le G. & T. rouge de Saint-Pétersbourg souhaité en récompense de la fin des *Conférences*, parmi un lot, je trouvai le « Suicidio » de *la Gioconda*, de Ponchielli, et le récitatif et air de *la Vestale*, de Spontini, par Rosa Ponselle, qui, retirée depuis 50 ans dans sa villa « Pace » de Baltimore, venait de mourir, et dont, bien que Neury, mon guide en l'occurrence, depuis des années et tout récemment encore — il avait participé à *Antigone* en tant que répétiteur du choeur —, m'en parlât, la voix m'échappait, curieux ainsi de l'entendre en particulier dans l'extrait de *la Vestale*, dont j'avais entrevu par Callas l'émotion; et, sitôt rentré chez mon père, écoutant d'abord le « Suicidio », Ponselle me parut en son flamboiement trop intense pour l'air dont la ligne semblait ténue; mais, à la première note du récitatif de Giulia, inépuisable en sa splendeur chantant avec le silence, tout se détachant et se liant imprévisiblement juste, sa voix accédait, bouleversant comme elle l'exprimait trouvé par oubli dans le don, à l'absolu.

Alors que, depuis un an sans savoir quoi, je cherchais, Ponselle me pénétrait de la prière, qui désormais me porta; m'adressant à la puissance tutélaire, mon père tout aussi bien, de suspendre la mort et m'assister encore, jusqu'au terme du *Chercheur*, qui invoquait l'élan, au coeur, contraint, pour ne pas en être étouffé dès lors qu'il en est inspiré, d'en témoigner, de l'inhumain envahissant, qui prend forme humaine dans le phrasé, où les mots, par le jeu d'un déplacement tous devenus sensibles, créent une saturation telle qu'en sa compréhension soudain s'inversant elle manifeste qui la transfigure le vide.

En septembre, mon père rentra; cependant tout était devenu précaire, et, début décembre, alors que j'en étais aux deux tiers du *Chercheur*, il dut retourner à Thônex pour un nouveau dosage des médicaments, étant convenu qu'il aurait, si possible, une permission à Noël; après les fêtes toutefois, dans une bouffée d'assurance, il décida de rester à la maison, bien qu'il s'affaiblît, ayant pris de moi une toux, dont j'étais harcelé par quintes comme j'arrivais au terme du *Chercheur*, et chez lui sourde, quoiqu'il ne s'en inquiétât pas, étant blasé — en 1949, à Davos, alors qu'on lui ôtait trois côtes pour enrayer la tuberculose qui le tenait au sanatorium depuis un an, il s'était réveillé de l'anesthésie en pleine opération, qu'il suivit jusqu'au bout sans ciller —; mais, le 8 février, lorsque je lui annonçai, au repas du soir, la fin du *Chercheur*, dans un éclair il parut soulagé — « Dieu soit loué, je te félicite » —, si brutalement qu'à 10 heures, il m'appelait, hébété; et, le lendemain matin, comme il ne tenait pas sur ses jambes, je dus le conduire aux urgences : il avait une double broncho-pneumonie; et le médecin de Thônex, où il avait été réadmis, par le ton de sa voix, me donna à entendre qu'à son sens j'étais un inconscient, responsable, pour un peu, de la mort de mon père, qui, toutefois, quand j'allai le voir, ne parut pas impressionné, corrigeant qu'il avait un refroidissement, dont il était pratiquement remis lorsque le mercredi — j'avais posté *le Chercheur* la veille —, aux Puces, je ne sais plus chez qui, je trouvai 2 disques Odéons 25 cm : 4 danses espagnoles interprétées par la Argentina, que j'entendis maintenant, le corps qui l'incarnait s'étant immatérialisé, danser par une scansion, à la limite, abstraite, où il suffit d'un coup sec des castagnettes pour tout évoquer en son éclat de la beauté.

mai 1982 – avril 1983

Alexandre Brongniart

C'était un mardi soir, en mai 1982, après la fin du *Chercheur*, je rentrais chez moi particulièrement tendu : mon père, envahi par son voisin — un jeune radio-électricien, musicien pop amateur, qui habitait à côté chez son amie, avec deux chiennes hideuses et des autocollants plein la porte —, n'arrivait plus à se dégager de sa présence : la nuit, quand il était couché et ne pouvait, sans d'infinis efforts, se relever, le voisin, se jouant des verrouillages, dans l'appartement surgi le narguait jusqu'à s'asseoir sur le bord de son lit; et, le jour, de l'autre côté de la paroi, harcelait en parodiant à la trace ses faits et gestes; et si, longtemps, mon père ne m'avait rien dit — les premiers signes s'étaient manifestés il y a un an et demi, peu après l'emménagement du voisin —, mettant un point d'honneur, en vaquant impassiblement au quotidien, à mépriser cette insistance, depuis bientôt 9 mois les limites du tolérable, à son sens, étant franchies, il avait, tôt le matin ou tard le soir, plusieurs fois appelé la concierge, qui était intervenue avec conviction, s'était plaint à la police, enfin, rien n'y faisant, s'était adressé au voisin, qu'il dictât ses conditions, pour qu'il le laissât en paix; toutes choses que j'avais apprises il y a peu, lorsque, croyant que j'entretenais mon père dans ses idées, le voisin et son amie m'avaient interpellé devant l'immeuble un soir que j'arrivais, ne me permettant plus de continuer à ignorer délibérément—comme le seul moyen de l'endiguer—l'hallucination qui, maintenant que j'argumentais, prenait chaque jour corps davantage.

Je redoutais que, perdant la tête, mon père rendît impossible le vœu dont j'avais formé le projet, alors que ma mère était mourante, en septembre 1978, lorsque les médecins, ayant découvert chez lui un cancer de la prostate avec métastases osseuses, m'eurent déclaré qu'il n'avait plus longtemps à vivre et que, refusant le diagnostic de cette maladie que mon père ignorait, il m'apparut qu'il fallait agir de même, si je voulais réussir là où, me semblait-il, j'avais échoué avec ma mère; pour en recevoir l'impulsion le jour de son enterrement, le 31 octobre, lorsque, de retour dans l'appartement, mon père, pour couper les sanglots m'envahissant, en évoquant la réaction qu'il avait eue en la circonstance à 17 ans, m'amena à lui poser une question sur son histoire, dont je savais des fragments seulement, n'ayant jamais pensé—interdit par un mouvement de ma mère, en 1948, à une lettre du Chili, contenant des timbres pour ma collection, et venant d'un demi-frère prétendument de mon père—interroger : enfant « naturel » de ses parents—lorsqu'ils se furent mariés, 4 ans plus tard, ils ne le reconnurent pas—, il avait été confié à sa grand-mère qui habitait Vienne, apprenant d'elle à son lit de mort, en 1917, la vérité sur ses origines : notamment que celui qu'il croyait un cousin, en Roumanie, était son frère qui, à sa majorité—les parents étant entre-temps décédés—, hériterait seul d'une fortune dont il avait tenté, en dernier recours, par un procès, perdu en 1927, de se faire attribuer une part; et il me montra l'article qu'il avait conservé, d'un journal local, relatant cet épisode dont la révélation maintenant, par son scandale me bouleversant, me fit jurer par devers moi de réparer, autant que je pourrai, l'injustice en témoignant à mon père un amour dont la frustration fondait—je l'expliquais déjà, avant de connaître le détail, ainsi—l'obstination qu'il avait eue à régulièrement détruire, par le jeu, une situation de vie qu'il contraignait ma mère de sauver—à l'exception de la dernière fois, il y a 6 ans, où, comme il allait être mis à la retraite, il s'était ouvert à moi d'une perte, que j'assumai d'accord avec lui—par trois gains consécutifs au tiercé, en septembre 1979, il devait, au centime près, sans qu'il lui restât rien, la rembourser—, pourvu qu'elle demeurât ignorée de ma mère, qui, sans en rien laisser paraître, l'avait néanmoins sue, se trahissant en juillet seulement dans un billet où, pour justifier qu'elle m'instituât seul dépositaire des 60 000 F dont elle venait d'hériter d'un frère, émigré à Montevideo, qu'elle croyait pauvre, elle y fit allusion—; le partage de cet argent, que mon père ne demanda pas, alors qu'il s'imposait, sans que la portée m'en apparût, scellant, en mai 1979, la relation où mon père, sur un mouvement juste me prenant au mot, se donna à moi comme le maître que la reconnaissance investit d'une liberté qu'il impartit.

Ce soir-là, ayant prié mon père qu'il mette le téléphone à côté du lit et m'appelle sitôt que le voisin se signalerait — jusqu'à présent, curieusement, malgré les persécutions subies, et bien que je fusse à deux pas, il n'avait jamais demandé que j'intervienne —, pendant le lotus la fonction de cette présence soudain m'apparaissant — jusqu'à présent, ne songeant qu'à interpréter, j'avais évité de m'interroger là-dessus —, dans le bouleversement de l'évidence convaincu que si mon père en apercevait le sens son tourment se dissiperait, je souhaitais dans un élan qu'il y accédât, lorsque le téléphone sonna : c'était mon père, qui me demandait de venir; en sorte que, dans le droit fil de ma concentration, je me retrouvais chez lui, devant la porte de la chambre à coucher fermée à clé de l'intérieur, frappant impatiemment, qu'il m'ouvre; et mon père, s'étant assuré de mon identité, prestement se leva, entrebâilla la porte et jeta un regard circulaire dans le hall avant de se tourner vers moi « il n'est pas là? », me donnant ainsi le signal que j'attendais pour enchaîner, incantatoirement : qu'il pût comprendre qu'il désirait cette intrusion, puisqu'elle le gardait d'autre chose, qu'il redoutait, et dont son attention, par la persécution, se détournait . . . « la mort. C'était sot. On ne sait ni le jour ni l'heure »; ce qu'entendant je fus envahi d'un mouvement où il m'échappa « tu es sauvé. Il ne peut plus rien t'arriver. C'est très grand à toi d'avoir dit cela.

Tu es sauvé »; et toute distance — où le baiser échangé le soir restait formel — dans l'exaltation de la lumière dans l'instant partagée s'abolissant, effusivement l'étreignant enfin nous nous embrassâmes.

Le matin, aux Puces, curieux de ce que je pourrais trouver qui signerait l'événement de la nuit, je passais devant le banc de Lometto comme Fontanet, triant de la porcelaine, déballait un buste dont la luminosité m'arrêta, si bien qu'elle me le déposa entre les mains : c'était un biscuit de Sèvres, Alexandre Brongniart, par Houdon, enfant regard et sourire ailleurs rivés en soi, que, pour 100 F, je conservai — plusieurs, en le voyant, également éblouis, voulurent l'acheter —, tout en considérant maintenant deux tasses cylindriques, début XIXe, qui me faisaient penser aux deux tasses Rosenthal, rescapées d'un service de six, que mon père et moi utilisions pour le thé; mais, bien que Fontanet me les laissât pour 15 F, je n'arrivais pas à me décider — elles étaient dépareillées, et l'une avait un cheveu —, finalement y renonçant, avec le sentiment que je dissociais les parts d'un lot; et, en effet, mon père, qui, le matin, m'avait accueilli radieux, le soir m'attendait avec une impatience qui d'abord me déconcerta, me demandant malicieusement que je l'écoute, avant que je me fâche : après mon départ, à 2 heures, en débarrassant la table basse du hall, où nous buvions le thé, il avait cassé l'une des deux tasses; et, pour la remplacer, était allé jusque chez Girard aux Grottes, à plus de dix minutes — depuis des mois, il ne se hasardait pas à plus de 100 m —, mais il n'y avait que de la porcelaine

Langenthal; alors il avait téléphoné au Studio Rosenthal, mais il fallait commander spécialement, et cela prenait six semaines; donc que je tranche maintenant à qui était la tasse cassée; cependant que, jeudi soir, lorsque j'arrivai, il me montra sa main droite, contusionnée : en tombant dans l'appartement, il venait de se fouler deux doigts, l'annulaire et l'auriculaire; si bien que, l'agitation de la nuit, au récit qu'il m'en fit le lendemain, reprenant, je tranchai qu'il devrait, profitant de la visite de contrôle, lundi, chez son médecin, demander une admission à Thônex : s'il considérait ce séjour comme une convales-cence dans un sanatorium—la persécution, jusqu'à présent, semblait liée à l'appartement, exclusivement—, il pourrait sauver l'intelligence entrevue qui, sinon, se perdrait; mais il n'en voulut rien savoir, et je m'emportai; le soir toutefois—j'étais arrivé une heure plus tôt, pour m'excuser et reprendre posément—, dans le hall que les rayons du soleil couchant traversaient et dont le calme, sous la profusion des disques partout épars, contrastait avec la véhémence qui m'habitait, mon père, dans son fauteuil en velours vert bouteille, le visage légèrement incliné, à son habitude, sur l'épaule droite, tandis que je lui faisais face, de biais, à un mètre, sur le bras du fauteuil en velours argent où s'amoncelaient livres et papiers, m'ayant écouté avec une attention qui démêlait dans mes mots autre chose dont je ne mesurais pas la portée, pénétré, me dit doucement : « J'y arriverai, je sais, mais attends. Pourquoi es-tu si impatient. On peut avoir quand même une rechute »; le lundi cependant, les péripéties de la nuit ne s'atténuant pas, je téléphonai à son médecin, qu'il fit un bon d'entrée pour Thônex, où la radio révéla que mon père, en tombant jeudi, s'était cassé les deux doigts — c'était sa première fracture —, prévenant de la sorte objectivement, par le plâtre qui, immobilisant le bras, contraignait à l'hospitalisation, tout argument.

Mon père se remit vite de sa fracture — en 3 semaines, les doigts étaient ressoudés —, mais la persécution cette fois s'était aussi manifestée, par bouffées, à Thônex; et, fin juin, lorsqu'il fut rentré, son énergie que ne fixait plus l'hallucination refluant dans le corps redonna virulence à un symptôme resté latent ces 4 années, après qu'il fut surgi en été 1978 pour contraindre à l'hospitalisation par laquelle, le 27 août, un terme s'était assigné à l'agonie de ma mère : si le tremblement avait alors terrassé mon père — vers minuit il était tombé, sans pouvoir se relever, dans les toilettes; et c'est ma mère qui, en appelant de l'aide, l'avait relevé, avant de m'alerter —, c'est que, suscité par l'occlusion vésicale, dans le sentiment qu'il était intolérablement constipé, depuis une semaine prenant compulsivement des laxatifs, une diarrhée avait fini de l'épuiser; et cette technique de déplacement, jouant en sens inverse aussi, lui avait permis, sitôt qu'il fut soulagé par une sonde, de ne plus prêter aucune attention à son infirmité réelle; cependant que l'obsession maintenant ressurgie reprenait son sens premier : après un mois, le dimanche Ier août, l'effet des laxatifs s'accumulant soudain, un chaos excrémentiel le disloquait dans un état de stupeur; et à Thônex, où il avait été réadmis, le délire s'étant aussitôt résorbé, les médecins tranchèrent que, puisqu'il n'arrivait plus à se maintenir dans le cadre d'une vie autonome, et qu'il n'était pas possible de l'hospitaliser ainsi, à intervalles de plus en plus rapprochés, il fallait le placer dans une maison de retraite; sans vouloir considérer que la voie choisie il y a 4 ans excluait maintenant ce recours dont, le 8 août—j'étais venu cette fois un dimanche et non pas le samedi comme d'habitude—, lorsque, vers 2 heures, dans le réfectoire désert, je lui annonçai la nécessité de l'envisager ne serait-ce qu'à titre d'essai, mon père déduisit « alors il ne me reste plus que le suicide. »

La pension « les Marronniers », maison de retraite juive située dans le quartier des Délices, à 10 minutes à peine de l'appartement, semblait idéalement convenir : mon père, en septembre, quand il l'avait visitée avec moi— affectant de croire que la solution avait mes suffrages, il manifestait une agressivité que, sur le moment, je ne démêlais pas—, enchanté, s'était déclaré impatient de s'y installer; et son entrée fut fixée au 4 octobre; dans l'idée toutefois d'assumer sans allocation les frais, et voulant éviter que la mesure ait un caractère irréversible—qui seul en eût permis le succès—, je projetai de sous-louer, à partir de novembre, l'appartement; or le 4 octobre, quand je conduisis mon père aux « Marronniers », en début d'après-midi, à l'épouvante qui se peignit sur son visage lorsqu'il vit les pensionnaires affluer pour le thé, il fut évident que jamais il ne s'y ferait; et le lendemain, à sa première sortie, par une chute il s'ouvrait l'arcade sourcilière droite; n'arrêtant dès lors pas de prendre des taxis pour se rendre aux urgences, ou monter chez moi, sitôt qu'il se fut convaincu que je n'avais pas de vie cachée qui m'aurait incité à le mettre en pension, dans une extravagance de sentiment; cependant que, spectaculairement, et alors que, malgré les vicissitudes, il était resté, immuable, un monsieur d'un certain âge, rattrapant 20 ans en 3 semaines, il devenait soudain un vieillard; tant et si bien que, l'appartement vidé de tous les effets personnels — les miens et ceux de ma mère, car ceux de mon père, je m'en aperçus alors, tenaient dans la valise de ses hospitalisations —, tels qu'ils s'étaient accumulés en 20 ans, et que j'avais laissés, sans y rien toucher à la mort de ma mère, pour un quotidien ainsi placé sous son égide, au moment même où j'avais trouvé un locataire, la mesure m'apparaissant intolérable, je proposai à mon père, s'il se croyait la force d'affronter le dépouillement, qu'il soit ce locataire; de sorte que, le 29 octobre, il retournait dans l'appartement, alors frappé — je l'en avais averti, mais il n'avait pas enregistré — que le voisin eût disparu — le jour où mon père entrait aux « Marronniers », il avait déménagé —; tenant pourtant jusqu'au 4 novembre, date de son 82e anniversaire, pour, le lendemain, tomber sur la hanche droite et apparemment se blesser, puisqu'il ne pouvait faire un pas sans fléchir et retomber sur le même côté; refusant avec violence toutefois une hospitalisation que, le lundi, comme il ne parvenait plus à se lever, le médecin prescrivit; mais la radio ne révéla aucune lésion :

le lendemain de son admission à Thônex, il marchait sans difficulté, reprenant des forces cependant qu'avec le service des soins à domicile j'organisais un ultime encadrement—cette fois une infirmière aurait les clés de l'appartement et viendrait le matin l'aider au lever, tandis que je continuerais de vaquer à l'ordinaire, midi et soir—; mais à son retour, le 6 décembre, il ne put admettre en réalité l'intrusion si longtemps hallucinée et se laissa envahir aussitôt par l'obsession excrémentielle, dont le caractère d'orgasme m'apparut enfin, le jeudi 16 décembre, lorsque, rentrant le soir à 7 heures, je le trouvai dans le fauteuil de ma mère, les membres défaits, sur le visage un soulagement tel que dans sa dépense il était douteux qu'il eût conservé la force de se ressaisir d'une absence dont il n'émergea, le lendemain—vacillant tout le jour, le soir il gisait, immobile, sur le tapis bleu du salon—, qu'à ma question, que je le conduise aux urgences, d'un ton d'évidence alors me regardant : « n'y a-t-il pas assez de raisons. »

Le mercredi 22 décembre, aux Puces, chez Mme Inès, je trouvais, pour 450 F, un lot d'une vingtaine d'albums 78 tours—200 disques électriques, des « advanced copies » à nouveau, des années 1932 à 1938—, morceaux instrumentaux mais aussi mélodies : quintessenciée en quelques oeuvres, la musique, dont je m'étais défait en octobre, au moment du débarras de l'appartement, où, si j'emportai les 78 tours—enregistrements acoustiques en majorité, qui, par la contrainte de leur abréviation, plutôt que la musique conservant le projet d'un artiste,

étaient idéalement des traces—, je renonçai à la collection de 1 600 microsillons, liée à la vie telle qu'elle s'était
organisée en ces 20 ans avec mes parents : un répertoire
surtout lyrique—inauguré avec Mozart, par *les Noces*,
en 1959; poursuivi avec Verdi, et *la Traviata*, en 1961, il
avait abouti à Rossini, culminant avec Bellini; la dernière
découverte ayant été, en automne 1977, *Lucrezia Borgia*,
de Donizetti, somptuosité crépusculaire—, où, parmi
une somme de 200 interprétations, chaque dimanche en
début d'après-midi, entre le thé et le café, je choisissais
un opéra, rituellement écouté—près de la cheminée du
hall, dans son fauteuil, ma mère sommeillait, cependant
que, sur le canapé en face, j'étais étendu, recroquevillé,
et que mon père, faisant la sieste dans le salon, après la
retransmission du tiercé au transistor, selon les rapports
s'éclipsant plus ou moins brièvement, nous rejoignait en
fin de représentation, alors sur la même ligne que moi,
tandis qu'il était, sur l'autre axe de l'angle droit, situé
dans le prolongement de ma mère au commencement
de l'opéra—, auquel je n'avais plus touché depuis la
mort de ma mère, pour, dans l'élan du *Chercheur*, amorcé
avec les *Psaumes de David*, de Schütz, explorer, dernier
domaine qu'en l'occurrence j'ignorais, la polyphonie de
la Renaissance, pénétrant, stupéfait, le sublime : messes
et motets—de Dufay, Josquin, Morales, Victoria—, où la
voix, sans plus le support d'un instrument autre qu'elle,
devient essentiellement construction du divin par l'être
qui, articulant l'impersonnel dans le jeu des nombres, en
transport se résout; mais ne parvenant à opérer la dé-

possession, un matin d'octobre, dans son magasin, j'en parlai, perplexe, à « J-Sonic » qui, en partie sous mon impulsion, s'étant ces dernières années recyclé dans le lyrique, pour 15 000 F se déclara preneur : la veille de conclure toutefois, je discutai encore et, puisqu'il la disloquerait, le dissuadai de prendre la collection, pour la donner, alors soulagé, à Anne-Lise, seule admise, une fois, au concert dominical—c'était, par Callas, *la Somnambule*—; ainsi réinvesti cependant de ce dont je m'étais dépris, le 25 décembre devant mon père—en ces quelques jours à Thônex s'étant remis, il avait obtenu une sortie, et nous avions déjeuné au Richemond—, pour le premier concert qu'il fallait faire chez moi, trouvé dans le lot, je jouai de Mozart un air, *Vorrei spiegarvi, oh Dio*, que je connaissais sans l'avoir jusqu'alors par Ria Ginster, dont la voix, dans le cristal à l'extrême conduite, saisissant en son éclair la folie lyrique, à l'aigu perçait l'humain.

Le mardi 22 mars 1983, lorsque j'allai en début d'après-midi à Thônex, mon père était inconscient : pour enrayer la broncho-pneumonie par laquelle, depuis une semaine, il s'épuisait, on essayait un troisième antibiotique, en ultime recours—le 16 mars, lorsque j'étais arrivé à son chevet, il m'avait regardé « Quand partons-nous », pour se détourner sans attendre de réponse; me faisant ainsi comprendre le changement qui m'avait frappé samedi 12, où, contrastant avec l'amélioration de ces derniers temps—il avait recommencé à lire, terminant en trois jours *la Marche de Radetzky*, de Joseph Roth, que je lui avais trouvé, pour 1 F, chez Csillagi, aux Puces; et, le lundi 7, il était venu, pour mon 42ᵉ anniversaire, chez moi, portant enfin les mocassins que je lui avais achetés, aux soldes de janvier, au « Carnaval de Venise » — ma mère avait toujours souhaité qu'il s'y habillât, mais il ne voulait pas; et c'est seulement aux soldes de juillet qu'il avait consenti à s'y fournir d'un costume d'été, gris rayé de vert pâle, qui lui seyait admirablement; cependant qu'en novembre nous y avions choisi un chapeau pour son anniversaire —, lesquels il se refusait à étrenner à Thônex —, je l'avais trouvé non pas m'attendant à l'entrée, en bas, mais à l'étage, chaussé de mocassins jaunes ne lui appartenant pas, secoué d'un tremblement dont je ne voulus pas tenir compte, insistant pour aller à la cafétéria, d'où, après un quart d'heure — « changeons de café » —, je le ramenai, ses jambes se dérobant, jusqu'à la chambre commune; sur le moment m'expliquant son état par la réponse négative des « Tilleuls », qu'il avait sue la veille — le 18 décembre, à son admission, l'hôpital avait accepté de le laisser en paix 6 semaines, pour, ponctuellement le 2 février, refusant de le garder imprécisément en observation, prendre en main la question de son placement, lui faisant visiter une pension à Veyrier, en négligeant que le voisinage du cimetière israélite déviait ce choix; tandis que, par la raison que la direction allégua — il faisait trop de bruit avec sa canne —, manifestement mon père — et son impatience, tout ce mois, à attendre la décision rétrospectivement l'attestait —, en trichant avait là-bas joué son va-tout —; car, le 16, tel qu'il m'apparut, lorsque je le vis, la nuque saillante, dans son lit, la mort était surgie — le matin, l'assistante sociale m'avait appelé : on voulait le mettre à Loëx, l'hospice cantonal; j'avais coupé, qu'on attende, il était malade—, un mouvement me traversa d'acquiescement; et, sans se laisser détourner par les améliorations provoquées, il s'y était rendu—nous nous étions parlés, pour la dernière fois, vendredi 18 : en me voyant arriver à l'improviste, il m'avait embrassé avec un élan qui me surprit et, pour que je m'en pénètre, à ma question, comment il allait—il n'avait pas de fièvre—, de la tête avait souligné « bien »; convenant qu'il suffisait que je vienne un jour sur deux, puisque désormais il fallait prendre patience; et dimanche—une septicémie s'était déclarée samedi, jugulée par un changement d'antibio-tique—il dormait, quand j'étais venu, si paisiblement que je ne l'avais pas réveillé; la fièvre reprenant lundi—; de sorte que maintenant, à 14 h 30, en le quittant, de la main gauche je lui serrai le bras, m'apercevant, lorsque je croisai dans la rue, près de chez moi, l'infirmière de la Croix-Rouge qui, depuis un an, avait soutenu les tentatives de maintien à domicile, que le passé m'échappait en parlant de lui; cependant que le soir, après le lotus me couchant, peu avant minuit je sombrai dans une inconscience dont le téléphone me tira : mercredi 23 mars, à 1 h 05, était intervenu le décès.

Le samedi 23 avril j'allai aux Puces en me disant que ce que je trouverais serait le signe de mon père, et, comme j'arrivais devant le banc de l'Ange du Bizarre, à qui précisément, il y a 7 ans, j'avais spécifié les tons du cachemire qu'idéalement je souhaitais, Sabine dépliait par terre,

pour y disposer ses objets, troué mais rutilant, le cachemire, que j'eus pour 160 F : un carré brodé où se dessinait,
ourlée de noir, occupant l'espace dans sa plénitude, une
croix de saint André dont les branches dardaient en leur
pointe une croix élongée en coupoles—blanche, noire,
vert et bleu turquoise—, pour, à leur jonction, autour
du cœur noir formé d'un carré croisé d'un losange, as-
sembler 8 tourbillons concentriques, de pierre précieuse
et de chair tout à la fois : vermillon, jaune, violet; s'em-
pourprant au regard, d'une flamme pénétré.

27 avril – 11 mai 1983

la perle

LE MERCREDI 27 AVRIL, aux Puces, au banc d'Audéoud, chez qui j'avais trouvé, il y a un an, le cachemire
de l'Ange, j'avais aperçu, en lambeaux, un cachemire
encore, sans vouloir le regarder; mais, deux semaines
plus tard, comme il était toujours là, m'approchant, je
découvris que, carré tissé d'une pièce, c'était le modèle
du cachemire de Marseille que, juste avant de m'engager
dans *le Chercheur*, dans le besoin d'opposer aux volutes
du Jardin des Roses s'épanouissant un point de recueil-
lement, j'avais pris, tout en sachant que, copie, il était
une approximation; sans songer que l'original, existant,
viendrait — elle en voulait 30 F, mais soudain, rabattant
le prix, me le laissa pour 25 F, moins que rien, ne me
permettant même plus de ne pas l'emporter —; de sorte
que je l'accrochai dans la chambre à sa place depuis
plus de 2 ans assignée; et le dessin, dégagé des ajouts
qui l'offusquaient, maintenant m'en apparut — argent,
noir et rouge, mêlé d'ocre et de vert, pâle et sombre,

sans trace de turquoise — : cœur plein d'une enchâssure que son cloisonnement identifiait à la prédelle — quatre fois répétée — d'un retable, dans l'espace noir tellement élimé qu'il en devenait intangible flottait, initiale et ultime exactement se confondant, une goutte de sang, une perle, où, depuis le centre, tels les cercles que sur le miroir de l'eau laisse, y plongeant, un caillou, d'argent se déployait un papillon, qui me résolut à faire le lotus non plus dans le couloir sous le tanka du Népal mais ici, le dos au Jardin des Roses, le profil dans la visée de l'Ange, devant la rosace dont le filigrane en son essor étanchait, rosée de l'impondérable.

l'orient

DEPUIS, VOULANT M'EXPLIQUER, je ne puis m'expliquer sans, faisant irruption, la joie